今日も明日も負け犬。

小田実里

幻冬舎

装丁　小玉 文
写真　小田 実里

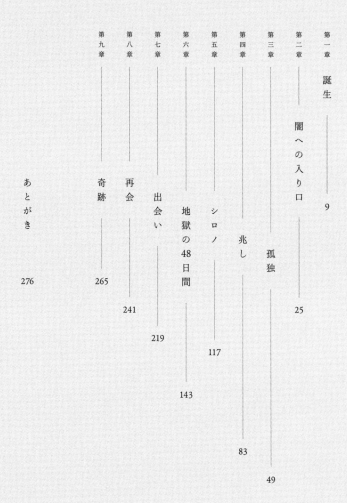

これは、福岡県で映画監督を目指して活動している、高校二年生「西山夏実」の実話に基づく話である。

私はどこかで泣いています

もし、私を見つけたら、あなたのハグをひとつ与えてやってください

私はそれで大丈夫ですから

それだけで生きていけますから

心がじんわりとなる瞬間だけを求めて、私は今日も泣いています

第一章

誕生

平日の昼下がり、日本人の約七割が職場や学校で過ごしている頃だろうか。

「今回のゲストは、今女性映画監督として人気を博している西山夏実《にしやまなつみ》さんです！」

収録スタジオがオーディエンスの拍手で割れそうになる。

私は意味もなくテレビの電源を入れる。この時間は、某有名芸能人が司会を務めるトークバラエティーが人気らしい。五十代くらいの司会者が着ている派手な色の衣装は、平日の昼にそぐわない。しかし、そんなことはどうでもいい。私はゲストの方に目をやる。ゲストの年齢は三十代後半ぐらいだろう。

「いやあ、勢い止まりませんね」

司会者の軽い喋り出しに、恐縮です、と西山は首を横に振りながらも笑っている。

確かこういう笑顔の地蔵が出てくる絵本が、昔あった気がする。

「今日は西山さんの正体を暴いていきます！」

この人は一体、今までに何人の正体を暴いてきたのか。少し口調が慣れ慣れしすぎているようにも見える。そのまま、番組は化粧水のコマーシャルに移り変わった。私はその間にコーヒーを淹《い》れ、再び居間のソファに戻る。

コマーシャルが終わり、スタジオのオーディエンスの拍手で番組が再開した。

西山は緊張しているのか、片方の手をグーにしたりパーにしたりと開閉を繰り返す。司会者が両手を擦り合わせながら、意味ありげに喋り出す。テレビの前で思わず、江戸の商人か！　ツッコみそうになり私は慌てて口を押さえる。

「実はですね、西山さんのお母様、涼子《りょうこ》さんから直接お話を伺ってきました！」

この番組の恒例のようだ。

西山の口がぽっかりと丸く開いている。ちょうどゴルフボールが入りそうだ。

母涼子の写真のフリップが選挙ポスターくらいの大きさで西山の前に出された。

「幼少期は、やんちゃだったそうですね。ストーブで何か悲劇を起こしたとか」

「そんなことまで。祖母に『絶対ストーブには触れちゃダメだよ』と言われて『うん！』と返しました。でも、数秒後には私の手はストーブの上で素焼きになっていました。しかもこれ、元日の話で。病院はどこも開いてなくて、祖母から五本指を一本ずつ包帯でぐるぐる巻きにされました」

「するな、と言われるとしたくなる人の典型ですね！」

「はい。当時の私には、STOPサインがGOサインのように聞こえてたんですよ」

西山は、笑いを絶やさない。営業スマイルではなく、心から笑っているようだ。

「STOPサインがGOサインですか。なんだか猪の匂いがしますね！」

スタジオはオーディエンスの女たちの軽やかな笑いに包まれた。

＊

二〇〇三年八月二日。

西山ユリ、いや西山夏実は大きな産声を上げた。しかしその後、産婦人科の乳児用ベッドでぐっすりと眠っている夏実を見るや否や、親戚たちは一斉に固唾《かたず》を呑む。

右足の関節が逆に曲がっていたのだ。

医者はゆっくりと伝えた。

「この子は歩けないかもしれません」

最初、母涼子はそれが自分に向けられた言葉だとは思わず、ただ呆然としていた。しばらくして、言葉の意味を理解すると同時に右目から一粒の涙がこぼれた。しかしそれは、涼子の自信を象徴するものでもあった。

「ユリちゃんじゃなくて、夏実ちゃん。この子は夏実ちゃん。なっちゃん、生まれてきてくれてありがとう。こんにちは。大丈夫大丈夫、きっと歩けるわ」

「夏」の輝きをもった太陽のように明るく、自分の夢を「実」らせてほしい――

祈るような思いで「夏実」と命名された。生まれるまで名前は「ユリ」と決まっていたが、白く儚《はかな》げで散ってしまう花の名前のような「ユリ」は到底似合わないと涼子は思ったのである。

「この子にできないことはないの」

周りの心配をよそに、涼子は言い張った。

それは、我が子を何としてでも守り抜くという愛情の込もった決意表明でもあった。

月日は速度を緩めることなく流れ、一年が経過した。


「なっちゃんが立ったわ！」

夏実は地面を踏んでいた。

涼子の予言通り——

夏実の足は「脚」であった。

夏実は立つことができた喜びを噛《か》みしめるように庭を、そして公園を走り回った。常に兄のくっつき虫として。元気で明るく、色々なものに興味を示し、嫌なものは嫌と突き放す。

「なっちゃんはおてんばね」

親戚たちは、口々にそう言った。

しかし、夏実が初めて立ったときの写真を見ると、どれもがむすっとした表情だ。

「なっちゃん！　はいっ！　笑って！」

そう言われても、幼い頃の夏実は、撮るな、と言わんばかりにカメラを睨んでいた。

いや、「カメラを構える大人を」の方が正しいのかもしれない。

「なっちゃんはやんちゃだけど、人見知りなんだわ」

夏実の人見知り卒業は、まだ随分先のことであった。

＊

「ご家族の愛情をしっかり受けて育ったんですね。歩いたとき、どんな気持ちでした？」

「覚えてないですよ！」

司会者の、ボケかどうかも分からないボケに、西山のテンポの良いツッコみが入り、スタジオに温かい空気が流れ込むのが分かる。

「西山さんとは、なんだかコンビが組めそうです。良かったら組みませんか？」

西山はガン無視だ。これもまたボケかどうか分からない。

「冗談ですよ、冗談！」

司会者は焦りを隠しきれていないが、進行をそのまま続けようとする。

「ところで、『映画監督西山夏実』としての今の勢いみたいなものもやはり、子供の頃に習得されたのですか？」

「『習得』、なんだかおもしろい言い方ですね。習得というより、もともとあったものなんです。とにかく負けず嫌いで、活発で。幼稚園で毎日かけっこがあって、いつも一番だったのにある日ボスに一位を獲られたんですよ。それで、私ふてくされてその日から、かけっこを離脱しました。端っこに座って」

「かけっこ命だったんですね」

「でも、じっと見ているのにも飽きてしまって、三日後には走り出していたと思います。ボスも気を遣ってくれたのか、それ以降ボスと走ることはありませんでした」

「日々、最高峰を求めるクリエーター魂の根源。それは幼少期のかけっこにあったんですね。『猪《ちょ》突猛進《とつもうしん》』はまさに西山さんのための言葉ですよ。普段はパソコンを使ってのお仕事が基本だと思うのですが、聞くところによればご家族の皆さんはパソコンが使えないそうですね」

＊

夏実は小学校に入学した頃、兄が学校でもらってきたアルファベット表を盗んで家のパソコンの横に置き、キーボードをいじるようになる。

「えぬ、あい、えす、えいち……」

いくつかの英字を組み合わせて、一つの平仮名を生み出す楽しさ。キーボードに打ち込んだものが画面上に浮かび上がる喜び。

その二つが、六歳の少女をクリエーターへの階段に誘《いざな》ったのかもしれない。

キーボードをたたく音がすき

クリック音がすき

その後も、夏実はクリエーターへの階段に誘われることになる。

小学五年生の時に、木曜夜十時から放送されていたとある恋愛ドラマに超がつくほどはまった。主演の有名美人女優の、幼さの残る潤いに満ちた顔と顎骨から首にかけての曲線美に惚れ込んだ。

生で見たらもっときれいだろうなあ

また、同じドラマの出演者をきっかけに、ある男性ダンス&ボーカルグループを知った。ライブ会場に足を運び、ミュージックビデオ、他のアーティストの映像作品まで見るようになった。音楽と映像の融合に夏実はこの時初めて挨拶をした。彼女はすでに、エンターテインメントの穴から抜け出せなくなっていたのだ。というより、穴の奥の方へ吸い込まれていったのである。

初めて映像制作をしたのは、小学六年生の時。ふとした衝動に駆られて作った、祖母の古稀《こき》のお祝いムービー。

「なっちゃん、これ一人で作ったの!?　すごいね。ばあば感動したわ。ありがとう」

親戚たちの喜びと感動で、居間の温度が一度か二度上昇していたのではなかろうか。人の喜びが自分の幸せとなる一瞬。自分の生み出した作品が誰かの記憶に刻まれると思うと、嬉しくてたまらなかった。

この時のお祝いムービーがきっかけとなり、映像で人を楽しませる嬉しさを、夏実は知ってしまった。

もっと沢山の人の喜ぶ顔が見たい

沢山の人を喜ばせるためには、友達を作る必要があると考えた夏実は、中学校入学と同時に十二年間貫いた人見知りを卒業した。そして、ある決断をする。

「人との関わりを第一に大切にしよう」

これが、後の西山夏実の人生の基盤となったとも言えよう。

クラスの仲間とは、気が付くといつの間にか仲良くなっていた。ソフトボール部にも所属し、良い先輩、良い仲間に囲まれ、一年でレギュラー入りも果たした。

そして、一年二組の担任の田中《たなか》のことがとにかく好きだった。彼女は家庭科の担当で、常にエプロンを着けていた。クレームが出るほど難しいテストを作り、問題を起こす生徒には毎回雑巾がけをさせるという女鬼教師ぶりであった。夏実も何度も雑巾がけをさせられていた。しかし、誰よりも生徒想いで、母のように包み込んでくれる田中を夏実は好いていた。

夏実は田中の、

「西山うるさい！」

の一言が心地よくて、やんちゃをやめなかった。

「西山廊下！　今すぐ！」

ひどい時は、廊下で授業を受けさせられた。

仲間とも先生とも仲良くなることができていたのは、人見知りを克服できたからにほかならない。

自他ともに認める「学校好き選手権」堂々の一位であった。


「なっつーって、ホントにツボ浅いよね」

「なっつーの笑い声まじうるさい、耳ぶっこわれるわ！」

夏実は、毎日声を上げて笑っていた。

ある日の昼休み。

友達が一発芸を披露した。

「ぶあっはははっ！　なんそれ！　おもしろ！」夏実は今日も学校で友達と大笑いしていた。

ゴホッゴホッ！

すると、夏実は急に咳《せき》が止まらなくなった。

きっと小さい頃にかかった咳喘息《ぜんそく》がぶり返したのだ、そう思って保健室へ行った。

「西山早退」

そう言われて、養護教諭の松田《まつだ》に渡された早退届の用紙。

早退理由の欄には、

「笑いすぎ」

そう、でかでかと書かれてあった。

学校に行けば、いつも笑わせてくれる友達がいた。とにかく毎日が楽しくて仕方なかった。

しかし、中一の二月。

夏実は突如、自分の体に違和感を覚える。再び咳が止まらなくなったのだ。さらに、胃酸が上がってくるように感じ、食道のあたりが苦しくなった。そこで初めて、夏実は気が付いた。咳喘息の発作の時とは何かが違う、と。日に日にそのあたりの苦しさと咳はひどくなり、胃まで痛むようになった。次第にご飯も食べられなくなり、運動ができなくなったため大好きだったソフトボールからも離れることにした。

それでも、夏実は学校からは離れなかった。クラスの仲間と一緒に時間を過ごしたかったからである。

だから、親や先生の「休め」「病院に行け」という言葉を手で払った。

しかしやせ細り、骨が浮き出た夏実の体を見て友達は徐々に笑わなくなった。

「お願いだから病院に行って」

目じりが下がった悲愴な顔で友達から病院に行くことを要求されたのは初めてだった。

翌日、夏実は病院に行った。

「明日から検査入院しましょう」

「入院、ですか」

「検査」という言葉よりも「入院」という言葉の響きに夏実は落ち込んだ。

入院で学校に行けなくなることにひどく沈んだ心を涼子に慰められながら病院を後にし、自分の生息地へと戻った。それは言わずもがな学校である。

「友菜《ゆうな》、私二、三日入院することになった」

夏実は、〇歳からの幼馴染みの友菜にだけ入院することを伝えた。二人は家が近所で、また家族三世代にわたって仲が良かった。ともに十三年過ごすと、夏実と友菜は友達という関係よりも、姉妹のような関係になっていた。少しの間顔を合わせなくても、会ったときには昨日もずっと一緒にいたかのような家族と変わらない安心感を抱くようになったのだ。

友菜は夏実の言葉を聞くと、

「大丈夫、待ってる」

そう言って夏実の右肩を強く摑んだ。

夏実は、クラスのみんなに、

「二、三日おらんけど達者でな」

と明るく笑いながら言った。

しかし、みんなの顔に笑みはなく、心配そうな表情で夏実を見つめていた。

そして、

「待ってる」

と真剣な目で言い、少し陰りのある夏実の後ろ姿を見送った。

夏実はみんなの真剣な顔を目に焼き付けるとともに、自分の居場所はやはり学校なのだと確信した。

しかし、検査は夏実が思っていた以上に、壮絶なものであった。

長いチューブを鼻から喉を通過して胃にかけて入れられ、そのまま二十四時間放置された。食事の時間になると、チューブが通された喉の僅かな隙間に、食べ物を流しこまなければならないため、ろくに食べることができなかった。嘔吐《えず》く度に上がってくる胃酸の酸っぱさに夏実は何時間も苦しめられた。体の中にあるチューブの違和感に耐えられず、夜もほとんど寝つけなかった。人生でもう二度と味わいたくない体験であった。


検査が終わり退院した翌日、夏実は学校に行き、

「ただいま!」

と元気に言った。

「なっつー、おかえり」

みんなの心配したような安心したような表情。夏実にはあえて何も聞こうとしない。言葉にせずとも分かり合える関係がクラスでは出来上がっていたのだ。

夏実の咳の原因は逆流性食道炎であった。胃から食道への胃酸の逆流が繰り返し起こり、食道の粘膜にただれや腫瘍が生じる病気である。夏実はこのとき、食欲が振るわず六〜七キロ体重が落ちていたのだが、それもこの逆流性食道炎が原因だった。胸やけや呑酸《どんさん》が起こる、いわば酒飲みのおじさんがかかりやすい病気らしく、夏実の体は知らぬ間におっさんと化していた。

＊

番組は終盤にさしかかっているようだ。

「友達の力って家族の力より大きくなることありますよね」

「はい、本当にそうだと思います。私は常に周りに支えられてきました。朝、起きられない病気にずっとかかってたんですけど、日中に学校で会えないからと言って、夜に会いに来てくれた友達もいました」

「へえ。そんな病気、本当にあるんですか。僕も、朝苦手なんですよ。若い頃はしょっちゅう遅刻して、周囲の冷たい目に堪えていましたよ。まあ、夜に誰かが会いに来るなんてこと一度もなかったですけどね」

スタジオが再びどっと笑いに包まれた。司会者が、笑いを誘った自分に酔っているのが分かる。

一方で、西山はにこりともせず、何がおもしろいのですか？　と言わんばかりの表情だ。人によっては少し怒っているようにも見えるかもしれない。とにかく真顔なのだ。

「なに笑ってるんですか。『起立性調節障害』という病名がちゃんとあるんですよ」西山は怒っている、というよりキレている。

「え、あ、いや……僕は別にそんな……」

司会者が、西山を見て慌てているのが分かる。目を泳がせ、平静を装うのに必死なようだ。しかし、そんなことなど視聴者にはまる分かりだ。

明らかに放送事故だ。司会者はなんとか番組を締めようとする。

「い、いやー今日は西山さんの知られざる幼少期の秘話を、た、沢山知ることができましたね。い、今の西山さんがあるのは周りの人が西山さんを理解しようとしていたからなんですね！　西山さん、こ、これからも期待していますっ！」

番組は終了した。西山は最後まで口角を上げることはなかった。


番組終了後。

「そうじゃない、あんなんじゃない、あんなきれいなわけがない。誰も救えないし、救われない」

西山は楽屋で一人、嘆きの言葉を次から次に口に出していた。

「ただ知名度を上げるためだけに、出たんじゃない。救ってくれた人がいるから。救いたい人がいるから……。ひかるがいたから……」

実は、番組直前の打ち合わせで、プロデューサーの口から思わぬ言葉を聞かされていた。

「時間も短いですしお昼の番組なので、闘病の話は暗くしすぎないようにお願いしますね」

西山にできたのは、病名を言うことだけ。それが、せめてもの抵抗だった。自分の病気の話を笑いに変えた司会者の顔が嫌というほど頭に残っている。そして、何より悔しかったのが、「蒔田《まきた》ひかる」という名前を出せなかったことだった。

西山は重たい体をなんとか動かして、楽屋を後にした。

第二章

闇への入り口

なんでお母さん、そんなに疲れとるん?
私、今どこに行きよるん?
そっか、私、倒れたんや……
友菜の右半分、消えとったなあ
田中先生も右半分なかったなあ

夏実は、次から次に湧きあがってくる「?」と格闘していた。

彼女を苦しめたのは逆流性食道炎だけではなかったようだ。


中一もいよいよ終わりに近づき、みんなが春休みの予定を立て始めている頃。

バタン、という大きな音とともに、夏実は倒れた。教室で春休みの宿題を配っている最中だった。

倒れる直前に目に映ったのは、なぜか右半分がない、友菜と田中の顔。このときの夏実は右半身が完全に麻痺した状態であり、体重は七キロ落ちたままだった。

意識を失いつつある中、「夏実! 夏実! お母さんだよ!」の声と救急車の重々しいサイレンの音だけが頭の中に鳴り響いていた。目を覚ました時に見た、病院の灰色の天井と涼子の疲れきった血色のない顔。

お母さん、ごめんね

なんだか申し訳なかった。

涼子の「夏実、大丈夫だからね」という言葉に、夏実は体中の力が抜けた。しかし、夏実の体は本当に大丈夫なのだろうか。涼子が自分自身に言い聞かせていたのかもしれない。

そして、これから始まる過酷な闘病生活を誰が予想できただろうか――

「修了式終わったかなあ」

倒れた日の翌日、目が覚めた時に頭に浮かんだもの。それはやはり、学校だった。クラスの仲間が「いつもの仲間」ではなくなる日。その日を教室で迎えられなかったのがやるせなかった。昨日、倒れてしまった自分に一発ＫＯを食らわせてやりたかった。

夏実の心は雲がかってしまった。体には、いつも入るはずの力がなぜか入らず、体を起こすことも、何かを話すこともできなかった。その日の夜、涼子がある袋を置いて帰った。袋には、クラスの仲間一人一人からの手紙が大量に入っていた。一枚ずつ丁寧に折られ、封筒に入れられている。それを見て夏実は、涙をじっとこらえた。

「なっつー、いつも笑わせてくれてありがとう」

「相談にのってくれてありがとう」

「クラス終わるの寂しいなあ」

「楽しい時間を与えてくれてありがとう」

「背中を押してくれてありがとう」

沢山の「ありがとう」が綴《つづ》られていた。「ありがとう」は本当は、夏実が言うはずの台詞《せりふ》であった。

今は体を治すことがみんなへの「ありがとう」になる、そう思う反面、悲しさがそれを上回った。深夜の暗い病室。夏実は明かりの下で初めて一人で泣いた。この時ばかりは、みんなの言葉に涙をこらえられなかったようだ。

すぐ治すけん、待っとって

しかし、夏実はここから一気にどん底へと滑り落ちていく。


倒れた原因は、「右半身麻痺」。

栄養失調によるものだった。実はこの時、夏実は食べ物がほとんど喉を通らない状態であった。逆流性食道炎は良くなっていたのだが、極度の食欲不振に陥ったままだったのである。

一日に豆腐一丁、それだけで過ごす日も少なくなかった。吐こうとしても吐くものすらない。そんな状態が続いていた。この時、夏実の体に逆流性食道炎に代わる、次の病気が押し寄せていたのだ。

――起立性調節障害（Orthostatic Dysregulation）。

通称ＯＤ。

血圧や脈拍に異常が生じる自律神経の病気である。思春期の子供に多く見られる疾患で、全国の中高生のうち約七十万人が発症しており、不登校の三～四割に起立性調節障害の関与が推定されている。しかし、周囲の認知度と理解度が低いため、サボりや怠けと誤解され精神的に追い込まれている人が全国に多数いるのが現状である。

「朝起きられない病気」と言われる起立性調節障害の子は朝、血圧が極端に低いため、自分の意志だけでは起き上がることができない。逆に夜にかけて低くなるべき血圧がいつまでも低くならないため目が冴え、元気になり、深夜になっても自分の意志だけでは寝ることができない。また午前中は、めまい、全身の倦怠感、食欲不振、動悸などさまざまな症状が起床と同時に訪れる。重度の場合、思考力、判断力、集中力の低下などの症状も現れる。

これらの症状は午後には回復していくため、周囲の人に誤解や間違った認識をされ助けてもらえないケースがほとんどである。

現在の日本ではすぐに効く薬や明確な治療法はなく、起立性調節障害の子供は当たり前のことができなくなっていく屈辱と、起床と同時に訪れるさまざまな症状、そして周囲に理解されない現実に毎日苦しんでいる。

その苦しみから孤独を感じ、時にはそれが虐めに繋がり、最悪の場合には自殺という形でこの世を去ってしまう若者もいるのである。

しかし、このときの夏実の症状は食欲不振程度で、「え？　私が？　起立性調節障害？　何それ？　ちゃんと起きられるし！」という具合で、自分が病気であるという自覚はなく、精神的にもあまり追い詰められていなかった。それは、「友達」という存在が夏実の大部分を占め、夏実を支えてくれていたからだろう。

どうせすぐ良くなるんだから大丈夫でしょ、と夏実が思うように周囲の人間も大丈夫だと思った。そして、夏実が受けた診断は専門的なものではなかったが、ひとまず経過を診るために、この医者のいる病院に通うことになった。

「ゆっくり治していきましょう」

「はい、頑張ります！」

夏実は医者の言葉に勢いよく頷《うなず》いた。

そして、春休みの間に、夏実は退院した。

しかし、十三歳の夏実の心と体は遠く離れていたようだ。

すでに、体は悪い方向に向かうレールが敷かれていたのに。そのレールの上を着実に進み始めていたのに。

夏実へ
退院おめでとう
今週の土曜日、友菜の家でクラスのお別れ会するけん良かったら来て！
友菜より

お別れ会当日。

夏実が来ると聞いて、友菜は夏実の母涼子の連絡先を聞いておいた。

もし、なんかあったら……と友菜は朝から不安でしかめっ面をしていた。

しかし、夏実が来ると、友菜の顔はしかめっ面からオタフクソースのふっくら顔に変わった。

「友菜、今日二時間しかみんなと過ごせん。ごめんね」

夏実が申し訳なさそうに言うと、

「いいよ、そんな謝らんで」

と友菜はあっさりとした口調ながらも、少し照れながら答えた。

クラスの女子が集まり、会はスタートした。

会が終わる頃には、なんとその場にいた全員が目に涙を溜めていた。

「二年生になったら、学校行けんくなるかもしれんけど、みんな会いに来てよ！

一年二組は私にとってテーマパークでした。

私の頭の中には、いつも一年二組のみんながいて、一年二組という引き出しがあります。

会える日数は減っても、みんなのことを思い浮かべる日数は今まで通りです。

沢山心配かけてごめんね。沢山迷惑かけてごめんね。

いっぱいの『ありがとう』をありがとう」

夏実、もう謝らんでよ
ありがとうでお腹いっぱいやし

友菜は心の中で反芻《はんすう》し、夏実が手紙を読むその声に耳を傾けていた。首を横に振ったり、縦に振ったりしながら。

夏実の声は友菜の家の壁で反響していた。まるで、夏実の声が友菜の家をホールに変えてしまったかのように。

手紙を読み終えたとき、夏実の体はへとへとになっていた。起立性調節障害によって体力がすでに抜けきっていたのだろう。しかし、笑顔は絶やさなかった。

夏実が拳を握って泣くのをじっとこらえているのが友菜には分かった。

＊

お別れ会から一週間が経とうとしていた。
桜の花は花を見せびらかすどころか、全て散ってしまった。まだ、春休みの最中であった。夏実はなんとか体を起こし、窓の外をぼんやりと眺めていた。
「夏実ちょっとこれ見て」
そう言いながら涼子が新聞を持って、部屋に駆け込んできた。
新聞？　読まんし
そう思いながらも、新聞を受け取り、ピンクのマーカーが引かれているところに目を留める。
玉野中　離任
——田中久美子
ん？　田中先生？
目をぱちぱちとさせて、もう一度見る。文面は変わらない。「田中久美子」とは、夏実が大好きだったあの担任の名前だ。

おらんくなるってこと？

夏実が退院したあの日、

「田中先生！　退院したよ！」

夏実は学校に行き、田中に会いに行った。

「西山！　おかえり。良かったたあ、もう」

田中は夏実を見ると胸をなでおろし、抱きしめた。夏実にとっていつもと変わらない母親のような温もりであった。


二年生になっても田中先生がおるなら大丈夫

そう安心しきっていた矢先のことだった。

先生行かんでよ、と何度もその言葉を繰り返し夏実はベッドの上で枕を濡らした。悲しみの中に、多少の怒りを込めながら。

＊

今日で最後かぁ
西山、やっていけるかな

離任式の日の朝、田中は誰もいない職員室で一人、荷物をまとめていた。

田中の頭の中は夏実のことでいっぱいだった。離任する辛さよりも、夏実を残して自分がこの学校を先に出ることに罪悪感を募らせていた。何をするにもやる気が起きない。

そのときだった。

廊下をドタドタと勢いよく走る音がした。足音は確かにこちらに向かっている。一瞬心臓が止まりそうになったが、この足音が誰の足音か、田中にはすぐに分かった。

がらがらがら、と大きな音をたてながら職員室のドアが思い切り開かれる。

「先生！」

「西山うるさい！」

そう言いながらも、田中の目は潤んでいた。そしてすぐさま、わが子のように夏実を抱きしめた。

「もう、お母さんに心配かけんとよ。すぐ保健室行くとよ」

「先生今までありがとう。本当にありがとう。また会いに来て」

夏実は、田中の胸で泣きじゃくった。

田中は奥歯を噛みしめ、何か言葉を探しているようだった。

「頑張るんよ、西山」

夏実を守るように言い、

「もうホームルーム始まるよ！　行って！」

と夏実を追い出した。

しかし、ホームルームが始まるまで、二十分もあった。

田中のデスクの上のティッシュ箱は空になった。


離任式。

田中は体育館のステージに立っていた。校歌を歌うとき、前に立つ先生たちと全校生徒が向き合って歌うのが基本スタイルであるが、田中の体は、一年二組にだけ真っ直ぐ向いていた。それはまるでピンと張った糸で繋がれた糸電話のように。

また、みんなと会えますように

離任式が終わると、田中はすぐに学校を去っていった。


夏実の中二の生活がスタートした。

「なっつー！」

新しい教室に入ると、馴染みのある顔が目に入ってきた。〇歳からの幼馴染みの友菜、一年で同じクラスだった友達。夏実のこと、夏実の病気のことを理解してくれるような子たちが沢山集まっていた。

田中先生の最後のプレゼントかな

先生、ありがとう――

「みんなおはよう！」

夏実は、二年生になってからも毎日クラスの友達に会うために二階の教室まで駆け上がった。新しいクラスも居心地が良く、夏実の学校好きは変わらなかった。

しかし、毎日教室まで「駆け上がった」というのは嘘だった。一段上がるのに使う体力が夏実には大きすぎたのである。二階に着いたときには息が上がり、立っていられない状態だった。この頃から少しずつ、自分の中で「当たり前」が失われていくのに気づき始めていた。

田中先生と「頑張る」って約束したけん、絶対守るっちゃん

夏実は毎日笑った。それは、自分が笑うことが田中への一番の恩返しになると考えていたからであった。

バタン

「保健室から担架もってこい！」

先生の嵐のような叫び声。

クラス全員の引きつった顔と、床に固定されたように動かなくなる足。

夏実は、再び倒れた。

ついに、学校側が懸念していた最悪の事態が起こった。

夏実は教室で倒れてからすぐに救急車で運ばれた。着いた場所は救急病院。一時的な措置はとられたものの、起立性調節障害は認知度が低く治療法もないため、一日安静にして、家に帰されてしまった。

夏実は家に帰れることを嬉しく思ったが、涼子にとっては病院を追い出されたような気がしてならなかった。

涼子は必死になって勉強した。書店で起立性調節障害またはそれに関係のありそうな本を買い集め、隅から隅まで読みこんだ。右手にはマーカー、左手には付箋、両肘で本を押さえるという独自スタイルだ。治療をしてもらえそうな県内のほとんどの病院を、親子で巡った。

「学校で嫌なことでもあったの？」

「学校大好きです。今すぐにでも行きたいんですけど」

そこが精神科であるということに二人は後から気づいた。病院をたらい回しにされ、今どの病院にいるのかさえ、分からなくなっていた。

「見つかるかな、病院」

「どうだろう」

「うん」

少なくとも数年、場合によっては一生付き合っていくことになるかもしれない起立性調節障害という病気。頼れる人もいなければ、病院もない。

「うちは専門外なので」とにべもなく突き放され、気持ちのやり場がなかった。涼子は特に、である。

そんな暗中模索する日々を送る中、夏実には本格的に病気の症状が出始めていた。

完全に、体は学校に行けるような状態ではなくなったのだ。

最初は午前七時に起きられていたのが、いつの間にか午後二時に目を開けることが増えていくようになった。

「治療法はないですが、いつでも相談にいらしてください。一時的な薬は出せますので。今回は、血圧を上げて、朝起きられるようにする薬を出しておきますね」

「ありがとうございます」

涼子は安堵の息を漏らした。「とりあえず」の病院が見つかったのだ。

「お母さん、やっと見つかったね」

夏実は、きつそうにしながら言った。

血圧を上げる薬も効き、夏実は午前十一時に目を開けられるようになった。

「良かったあ」


しかし、それは束の間の出来事であった。薬の副作用がひどかったのだ。

「お母さん、苦しい……」

血圧を上げる薬は同時に脈拍までも上げてしまう薬であった。夏実は常に息が上がった状態で生活を送るようになったのである。中高生時代のマラソン大会のあの苦しさといえば想像しやすいだろうか。

夏実は一日中、じっと座っている間もマラソンをしているような状態が続いていた。


「こんなんじゃ体も心もおかしくなる」

そして悲鳴の源は夏実の心にも及んでいた。まるで、心と体が悪い方へ集団行動するかのように。

「夏実ー、さっき学校から電話があったんだけど、次階段で倒れると危ないから、教室まではもう上がらんようにって」

涼子の元に学校から電話が来たらしい。

「え？　それって、学校に行く意味なくない？　友達に会えんやん……」

それは、夏実の顔から一切の笑みが消え、喜怒哀楽の「喜」と「楽」の文字が真っ黒に塗りつぶされた瞬間だった。部活どころか、勉強もできず、友達にも会えない生活。どうやって生きていけばよいのか、何を楽しみに生きるのか。どうして、神様は自分の好きなものばかり奪ってゆくのだろうか。

単純な疑問であり、答えのない疑問であった。

オール5に近かった成績表にもほとんど1が並んだ。

笑いたいのに、笑いたいのに

気分転換のドライブに行っても、起立性調節障害の症状ですぐに車酔いした。

「あ、学校終わっとる」

血圧を上げる薬の服用を止めたが、その代償は大きかった。起きた時に時計を見ると、みんなが学校から帰る午後四時を回っていた。

体はげっそりと痩せ、手首が今にも折れそうなくらいに細くなっていた。部活をしていた頃、こんがりと日焼けした肌も、病気を発症して青白い肌に変わった。夏実の体は「弱々しい」以外のなにものでもなかった。

ふざけるなよ

夏実は叫んでやりたかった。しかし、叫ぶ体力ももうなくなっていた。毎日クラスでゲラゲラ笑っていた自分は、もう遠い存在となっていた。

「大丈夫」と自分に言い聞かせていた夏実はようやく、自分が「大丈夫でない」という現実に気づき始めた。学校に行く体力さえなければ、勉強しようとしてもペンをもつ気力もなかった。

そんな病気の症状と闘う生活。楽しいことで溢れていた夏実の「当たり前」の生活は、突如姿を消した。

*

五月一日 月曜日

一日中、だるくて、きつくて、起きられなかった。

朝から夕方まで、ずっと横になっていた。

体中力が入らなかった、すごくきつかった。

五月三日 水曜日

朝、起きるのに時間がかかった。

調子悪い。

五月四日　木曜日
寝るとき、耳鳴りがして寝れなかった。

五月五日　金曜日
午前中は、車酔いと動悸で気分が悪く、朝と昼ご飯が食べれなかった。
午後から少し回復した。夜、寝るときに目まいがして、目まいで酔った。
そして、耳鳴りで寝るのが遅くなった。

*

『私、諦めようかな……』

風が吹き荒れる夜。
友菜は焦っていた。
「夏実！　なんで電話出らんと！」
バァァーン！
友菜は家を飛び出した。
ドアを突き飛ばすように。

「夏実！　今から行くけん！」

友菜はとにかく危機を感じていた。

『私、諦めようかな……』という夏実からのＬＩＮＥ。

友菜は何度も電話をかける。

電話をかけた回数は三十回を超えていた。

「なんで出らんとよ！　もう！」

友菜はパニックに陥っていた。

吹き荒れる風の中、友菜はひたすら走る。

「諦めるってなに⁉　治療を？　は⁉」

友菜は混乱する。

「あぁぁ！　もう！　くそっ！」

赤信号にイラつきながらも、友菜は必死だ。

冷や汗も混じっているのだろう。

「すぐ行くけん！」

雨も降ってきた。

友菜は雨風を顔に受けながらひたすら地面を蹴《け》る。

ハァ、ハァ、ハァ、と息を切らしながら。

「着いた……」

友菜は足を止めた。

夏実は家の前で呆然と立ち尽くしている。

「夏実！」

守るように抱きしめる友菜。

「一人にしてごめん。大丈夫、大丈夫。ここまでよく頑張った」

友菜は夏実の背中をさすった。

「ずっとこのままがいい」

夏実は小さな声でそう言った。

「大丈夫、大丈夫……」

「ごめんなさい、ごめんなさい……」

「夏実、そんな謝らんで」

「もうね、私、疲れた。目標がない」

「うん、もう疲れたな。でもね、元気な夏実を待っとる人は友菜以外にもいっぱいおるとよ。ね？いっぱいおるけんさ、その人たちのためにもう少しだけ、頑張ってくれん？」

友菜の震える声に夏実は泣きながら頷き、友菜の体から手を離さなかった。まるで、友菜にどこにも行かないで、と訴えかけるように。そして、友菜はこう続けた。

「友菜は、夏実が笑顔で『治ったよ』って言いに来てくれるのを、ずっと待っとる」

友菜はこの時、夏実を抱き寄せながら胸を痛めていた。夏実の涙を見たのは、いつぶりだろうか。

夏実を抱きしめたのはいつぶりだろうか。いつの間にか細くなった夏実の体を友菜はただ抱きしめるほかなかった。

「夏実が家に入るまで帰らん」

友菜は笑っていた。

今度は友菜が泣くのをこらえる番やけんね

＊

夏実が最初に倒れたあの日から、三か月が経とうとしていた。梅雨入りを迎え、じめじめとした湿気に加わった雨の匂い。人々は傘がぶつかるのを巧みに避けながら、ひたすら歩く。外のそんな様子を目にすることもなく、夏実は家の中を四つん這いで移動している。夏実は学校に通うどころか、午前中直立することさえできないこともあった。明らかに少ない出席日数と低すぎる成績。それを見て、学校側がある心配をし始める。

「このままでは、高校に進学するのは厳しいかもしれませんね」

そこで、夏実に高校進学のための最後のチャンスを与えた人物がいた。それは、夏実が学校で慕っていた、養護教諭の松田であった。ちなみに、松田は玉野中のラスボス的存在であり、玉野中の誰もが松田には、歯向かえないと言われている。

前に、夏実の早退理由を「笑いすぎ」という文字で埋めたのもこの人物である。

「保健室だったら、階段上がらなくていいから、先生も安心する」

松田は、夏実が保健室に登校することを勧めてくれたのだ。

「なっちゃん、どの時間に来てもいいけんね。きつくなったらベッドで休めるし、勉強はボランティアの大学生が教えてくれるけん、安心しなさい」

いつもは冗談八割で通すはずの松田の包み込むような言葉。その言葉に、夏実は一気に体の力を抜いた。

学校に行けない日が続いた時は、ＬＩＮＥで何十行にもわたるメッセージをくれる友達がいた。

『全部吐き出していいよ』

『なっつーが良くなる日まで待ち続けるよ』

起立性調節障害を発症してから、友達からの言葉が心の命綱となっていた。そして、あの人物も夏実の近くに居続けた。


自信をもって！　自信は安心に変わる。

安心したら、本当の意味で心と体が休まって今の症状が改善していくと思うのです。

起立性調節障害は色々考えすぎるのがいかん。

「今は何も考えず」大人が口を揃えて言うのは、私たち大人には先が見えているから。元気になったあなたが見えているから、そう言うのです。もちろん私もその一人。

焦っちゃいかんよ！　それだけは忘れんでね。

田中より

夏実は会えなくても、直接話せなくても、文字として残る言葉の力にこのとき改めて魅せられていた。相手のことを思い浮かべながら書く言葉には命が宿っており、人の心の中をひらひらと飛び回るものであると思った。友達や田中からの夏実のことを思った言葉は、夏実の目に美しいものとして焼きつけられた。そして、いつしかその言葉たちは夏実のお守りになっていた。

第三章

孤独

あ、どうも。

蒔田ひかるっていいます。年はたぶん十四。

好きなものは、ない。

嫌いなものは人間。

友達？　は？　ひかるには要らない。

学校は人間関係を学ぶ場所？　まあ、そうでしょ。人間関係の面倒臭さいっぱい学べるもんね。

ませてることぐらい、自分がよく分かってる。

こういう子供を大人は一番嫌うんですよね。

そういえば今日から私、蒔田ひかるは保健室登校になりました。

このままだと、ひかる、高校行けないらしいです。

てか、高校行きたいとか一言も口に出した覚えねえわ。保健室、静かすぎ。

先生がコントやってるの見て笑ってる一名除いては。

松田？　とかいう先生がその子の名前、教えてくれました。

西山夏実。

同い年で中二らしいです。

＊

居心地は良くても、少し寂しさの漂う保健室。そんな保健室に通う夏実の仲間が一人加わった。

蒔田ひかる――

なんでずっと下向いとるん？

この少女を見たとき、夏実の中で沸々と疑問が湧いた。

なんでこんなに目が死んどるん？

この子、顔の筋肉あるん？

ひかるを漢字一字で表すなら？　と百人に質問すれば、おそらく百人が「闇」と答えただろう。髪の毛は肩くらいまでおろされ、目の下には残業続きのＯＬを思わせるようなクマ。会話をするとき、人間不信になったように目が泳いでいたため、夏実はなかなか目を合わせられなかった。

自分を見とるみたい
生きがいがなくなった生活の中で、生きる喜びが感じられず、自分もひかるのような目をしているのだろう。そう思った。

「ひかる、おはよう」

「……」

「ん？　おはよう」

「……」

ひかるに時折、生存確認の意味も込めて話しかけたが、言葉が返ってくることはほとんどなかった。

ひかる、人間怖いんかな
ひかるは保健室に出入りする人を見る度に、顔を素早く下に向け、手を震わせた。

学校が大好きな夏実と学校が大っ嫌いなひかる。保健室登校をしている理由は全く違う正反対な二人ではあったが、二人とも生きがいを失くしているのに変わりはない。お互いに最悪な状態での「はじめまして」であったが、かえってそれが夏実にとっては運命のように思えた。

ひかるも辛いんやな

だけど、この子が生きとるなら私も大丈夫そう

死んだように生きているひかるが自分の目の前に突如現れたことで、夏実の中にどこか孤独ゆえの仲間意識が芽生えたのかもしれない。それが一方的であったとしても、である。

しかし、そんな夏実の気持ちは真っ向からかき消される。

病気が酷く悪化し始めたのだ。

起立性調節障害は、低気圧によって症状が重くなるため、特に六月の梅雨の時期の症状は酷さを増した。発症当時は、食欲不振、動悸、車酔い程度であったのだが、六月に入ると、頭痛、腹痛、吐き気、息苦しさ、耳鳴り、胃痛、全身の倦怠感までもが同時に襲うようになった。そして、今まではごく稀にあった、午前中に起きられる調子の良い日。それがついに一日もなくなってしまった。みんなが寝る頃、夏実の体は元気になって寝られず、反対にみんなが朝の支度を始める頃、夏実は深い眠りについた。

涼子は、意識のない状態に近い夏実の体を、五、六時間揺さぶり続けるのだった。

みんなと同じように寝たい

そう思い、布団に入りいくら目をつぶっても、眠りにつくのは六時間後。血圧がいつまでも下がりにくいため眠ることができない。

なんでこんな当たり前のことができないの
なんで私の体はおかしくなっていくの

十三年間できていた普通のことができなくなっていくことが何よりも苦しかった。

私が起きてもどうせ誰にも会えんし、話せん

夏実の目に映る外の世界。それはいつも静かで真っ暗闇の夜の世界であった。この世の全ての人々が自分を置き去りにするようで、いつも心は寂しかった。

起きているのは、月と街灯と私だけ

心のおもりは簡単に道を開けてはくれなかった。

目を覚ましても沢山の症状に襲われるし、ずっと寝とった方が良いのかも

夏実はそんな考えしかできなくなった。生きるのも嫌になってしまうぐらいに荒れた心と治療法のない病気。もう誰も救いようがなかった。

それでも夏実は週に一、二回の僅かな時間でも保健室に行くことをやめなかった。保健室に行く、というよりもひかるに会いに行くという方が正しかったのだろう。


「ひかる、おはよう」

「……」

「ひかる、今日雨降るって」

「……」

二人は保健室のソファに並んで座った。死んだような顔をして。二人は特に何かを話すことはしなかった。

「お通夜かよ」

そんな声が聞こえてもおかしくなかったと思う。

でもひかるが生きとるんやけん
ひかるの隣にいれたらそれでいい
ひかるの顔が見れればいい

ひかるが生きてたらそれでいい

調子が良い日も、辛くて泣いた日も、二人は並んだ。傷を舐《な》め合うのもできないことぐらいお互いに分かっていた。

＊

保健室っていっても、別におもしろいものはないです。

今日は、なぜか野菜の収穫をさせられました。クソ不味《まず》かった。

夏実はおいしいって言いながら食べていました。本当に？　と後で聞くと、

「ちょっと不味かった」

と言って笑っていました。

夏実からの「ひかる、おはよう」が頭から離れない。ひかる、おはようってすごい久しぶりに聞いたんだよね。

「学校は楽しいところだ」

夏実がそう言ってたけど、ひかるはずっと首を横に振ってた。もちろん心の中で、だけど。

上の階から夏実のところに友達が「大丈夫？」ってよく心配しにくる。夏実、すごい嬉しそう。

ひかるは、人を見ると、顔を下に向けてしまう。保健室の扉の数センチの隙間も怖い。誰か見てる

んじゃないか、って毎日怯《おび》えてしまう。でもいちいち扉を閉めに行くのが面倒。腰、やってしまいそう。

ひかると夏実は、保健室のソファに座って、何を話すわけでも、何かをして遊ぶわけでもない。松田先生、うちらのことお通夜かよって思ってんだろうな。

ひかると夏実は毎日お通夜のただの保健室仲間。

保健室で会うだけ。

そう思っていたのに——

ひかるの手が震えると夏実は必ず手を握ってくれます。ベッドで横になっていてもわざわざ体を起こしてまで隣に来てくれます。

ひかるはこの人の隣なら泣いていいかなって思います。

この人なら、信じていいかなって思います。だけど、そんな夏実は、苦しそうな日もあれば、元気そうな日もある。

「ひかる、おはよう」

その言葉で今日はどっちかなって考えます。明日、どうなっているか分からない。

この子はそんな不安と常に闘っているんだと思います。

夏実はベッドの上で苦しそうにしている。お母さんと松田先生が落ち着かせようとする。ひかるは見ていないフリをしてしまう。どうせ、自分には何もできないって思うから。夏実のお母さんは帰るとき「ひかるちゃん、また明日ね」と言ってくれる。

ひかると夏実に当たり前の明日はいつ来ますか。

今日、夏実の頭の上にぼんやりと文字が見えました。

死　に　た　い

ちょっと不安です。

＊

「人との関わりを第一に大切にしよう」

入学時のこの決意のおかげで、夏実は沢山の人に恵まれていたが、夏実の中でちょっとずつその決意が保てなくなっていた。

「なっつー、治療頑張ってね！」

「絶対治るよ！」

友達からの励ましの言葉。心の命綱だった言葉に賞味期限が来たように、夏実は人からの言葉を受け付けなくなっていた。夏実に勇気を与える言葉は味気ないもの、いや「毒を含んだもの」に変わっていたのだ。

しかし、夏実が受け付けなくなっていたのは友達からの言葉だけではなかったようだ。

夏実は保健室で少しずつ勉強しているといっても、周りよりも半年以上遅れていた。

「お父さんが教える」

そこで登場したのが夏実の父、慎司《しんじ》であった。誰にでも優しくて、娘を笑わせることが大好きな慎司。夏実のやんちゃぼうずな性格は慎司から受け継いだものだった。

慎司はとにかく張り切った。近所の工具店で理科の実験道具を買い集めて、家で夏実と実験をした。それも夏実の体が元気になりだす深夜の時間まで起きて。

いつしか、リビングのテーブルには実験道具や教科書が散乱するようになった。兄妹のように仲がいい二人は楽しく実験していた。

しかし、そんな時間が長く続くことはなかった。

ある日の夜。

二人は理科の問題を解いていた。

「あと、一問やね」

いつものように慎司は夏実の勉強を見ていた。

「うん、え、でも分からんこれ」

「ゆっくり考えたら分かるよ」

やる気を失っている夏実に、慎司は励ましの言葉を投げかける。

「うーん、でももう疲れた」

夏実は少し苛立ち始めている。

「あとちょっとよ、あとちょっとやけん、ここまで」

慎司はどうしてもキリの良いところで終わらせたいようだ。

「うん」

そう言ったが夏実は手を止め、テーブルの上の紙をじっと見る。

リビングが静まり返る。

チクタクと時計の針の音が響く。

そして、次の慎司の一言に全てを爆発させた。


「……頑張ろう？」


その瞬間、夏実はペンを勢いよく床に投げつけた。床に白い小さな傷がつく。そして、

「つるさい！　え？　勉強しろって言ってんの!?　毎日毎日、起きるだけでこっちは必死なんだよ！」

慎司の、今までに見たことのない悲しくて切なそうな表情。夏実はそれを見て一瞬体をこわばらせていたが、怒りの矛先はテーブルの上に散らかっている教科書や、実験道具の方へ向いた。

深夜一時。夏実は外に飛び出した。

夏実は、もうブレーキがきかなくなっていた。

死にたい、死にたい、死にたい、

夏実が飛び出すと、右から一台の車が。

ヘッドライトが夏実を照らす。

影がだんだん短くなる。車は止まらない。

え、死んじゃう？


「うわぁっ！」

次の瞬間、夏実は勢いよく引っ張られた。

引っ張ったのは、母涼子だった。夏実のＴシャツは勢いで今にも破れそうだった。あと数秒遅ければ、ひかれていたのは確実だ。後戻りできない体になっていたかもしれない。

それでも、夏実は、

「死にたい。死にたい。死にたい……死にたいよ、お母さん」

涼子に向かって「死にたい」をひたすら連呼していた。涼子は肩を抱き寄せ、何も言わなかった。

いや、何もかける言葉が見つからなかったのかもしれない。

残酷な世の中を見たような気がした。

生きるのが辛いとき、死ぬしか手段はないのだろうか。死にたくても死ぬことができないとき、どうすればいいのか、どうして誰も教えてくれないのだろうか。感情を思いっきりぶつけても、光が差すとは限らないのだ。

涼子は夏実を家に入らせ、夏実が眠りにつくまで背中をぽんぽんと優しく叩いた。

「だいじょうぶ、だいじょうぶ」

涙の伝う涼子の頬を見たとき、体中の筋肉が縮こまるような思いがした。

仰向けになって見えた部屋の照明がやけに鬱陶しく感じた。鉛のように重たい夜の空気が、夏実の「死にたい」という願望をいっそう強くさせた。

テーブルの上にあったはずの実験道具は、次の日、押し入れに居場所を変えていた——

涼子はあの一件の後、早く夏実を診てくれる病院を見つけなければ、とさらに焦っていた。しかし、いくら探しても見つからない。朝は、何時間も夏実を揺さぶって起こす。夏実が学校に行けたときは、いつかかってくるか分からない養護教諭の松田からの電話を待つ。夜は、寝る間も惜しんで病気の勉強をする。

夏実が病気を発症してからそんな毎日は当たり前になった。子供想いで優しく、料理が得意な涼子。夏実とは友達のように仲が良く、二人で頻繁に映画館やコンサートに遊びに行っていた。涼子にとって娘の夏実とすること全てが生きがいであった。しかし、そんな毎日を送ることはもう、一生できないのだろうか。そんな考えがつい、頭をよぎる。子供のためなら自分はいくらでも身を削ることができる。娘の幸せを奪われるのはやはり許せない。娘が病気で苦しむ姿に、日に日に自分自身の心も疲弊していた。

ある日の昼過ぎ。

「おはよう……」

夏実が体をだるそうにしながら二階のリビングに下りてくる。今日はいつもよりも、体が重たいのだろう。リビングに来るとすぐに、夏実はソファで横になった。

「おはよう」

涼子が、いつものように挨拶し、夏実の顔色を窺う。

「はい、水」

コップ一杯の水を、ソファで横になっている夏実に差し出す。起立性調節障害の症状の改善法の一つとして、水を飲むことが勧められている。それは、涼子が本で勉強したことであった。

「いらん」

しかし、夏実はコップに目もやらず、涼子の優しさを拒否する。かなり、イライラしているようだ。

「いらん、じゃなくて飲んで」

涼子はなんとか飲ませようとする。病気を治すために、今は水を飲むしかないのである。

「いらん」

夏実は、何も感情も込めずにこの言葉でコップを突き返そうとする。

「飲んで」

涼子の声は少し、怒りの混じったものに変わったのがわかった。目は、もう一切笑っていない。

やがて、ハァと大きなため息をついた。

「飲みなさい」

涼子は低い声で言いながら、コップを夏実の手に無理やり持っていった。

夏実の手にコップが近づく。

やっと飲んでくれる。

そう思った瞬間、

「いらんってば！」

夏実はコップを手で払った。

ビチャ

床をぬらす水。


「ああっ！　もう！」

涼子はしびれを切らし、近くにあったクッションを手に取った。

涼子はクッションを振り上げる。空気が重く鈍くなる。

涼子の顔は赤くなり、怒りが沸点に達したことを示している。そして涼子の手から離れたクッションヨン。瞬きをする暇もなく、夏実の弱った体に直撃する。

「痛っ」

夏実が思わず声に出す。

「いい加減にしてよ！」

涼子の怒号がリビングに、そして家中に響いた。

「もう！」

涼子の目からじわじわと涙が溢れている。誰が見ても辛くて、悲しそうだ。泣きたかったわけじゃない、と言わんばかりに涙がこぼれ落ちてくる。

夏実も泣き始めるが、そのまま何も言わずに家を飛び出した。

ごめんね、夏実……
いけないことしちゃった
きつかったね、ごめんね、ごめんね

涼子は家で一人、泣きながら床にこぼれた水を拭いていた。

床を何度も何度もこすった。

ごめんね、ごめんね
お母さん、最低だね……

涼子の涙は、ゆっくりと流れ出てくるのだった。次々に落ちてくる涙のせいで、床はいくら拭いても乾かなかった。

夏実は家からすぐ近くにある祖母の家へ向かった。

何十分も何時間も泣き続ける夏実を、祖母は何も言わずに抱きしめた。夏実が落ち着くまでずっと。


「夏実、どっか行こっか」

辺りが暗くなり始めた頃、慎司が迎えに来た。いつもの優しい笑顔だった。慎司は夏実を助手席に乗せ、ゆっくりと車を走らせた。

「お母さん、疲れちゃったんだね」

慎司が、前を見ながら呟く。

うん、知ってる

夏実は窓の外を見ながら慎司の言葉に心の中で返事をする。

ごめんね、起きられなくて

夏実はただただ景色を見つめる。

「なんかあったら、またドライブに連れてってあげるから」

二人が眺めていた夜の高速道路。窓に映る、大小のさまざまな工場と、オレンジやグリーン、ブルーの、いくつもの玉になった光。そして、それらをわざと歪《ゆが》ませて映す海。

夏実の目に飛び込んでくる景色と、耳に飛び込んでくる慎司の優しい声。それら全てが自分のために特別に用意されているように思えた。

いつもはふざけてばかりの慎司。そんな慎司の言葉が夏実の心にじわじわと届いたのだった。

＊

ひかるは、自分が今日も生きている、と思うと嫌で仕方ないです。

夏実は、今日もひかるの隣に座っています。

夏実の目。前よりも力がない。

ま、お前が言うなって感じですよね。

夏実の頭の上のあの「死にたい」って文字、日に日にはっきり見えてくるんですよね。

＊

六月二十六日　月曜日
今日はちょっと学校に行った。
保健室のベッドで寝てた。
ひかるが落ちた布団をかけに来てくれた。
ひかるの顔、初めてちゃんと見たかもしれん。
やっぱり死んだ目。
だけど、口がちょっとだけ動いてた。
ほんとにちょっとだけ。
その一瞬を見てひかるはちゃんと感情ある子なんだって思った。
本当はもっと明るい子だと思う。
いつかひかるを笑わせたい。
ひかるを笑わせたい。

夏実の中でひかるという全く笑わない少女は当たり前の存在となった。マトリョーシカみたいに

「西山夏実」という人物の中に、「蒔田ひかる」がちょうどよく収まっているかのように。

ひかるを「友達」というグループの中に入れるのは少し違う気がした。二人の間には一つの共通の肺があった。その肺を使って同時に呼吸をするような、少し不思議な間柄になっていた。そして、そこには誰にも真似できない二人にしか吸うことのできない空気が流れていたのである。

ひかるは友達でもない、家族でもない、親戚？

夏実は友達、家族、親戚の順に顔を思い浮かべていった。親戚の顔を思い浮かべた時に、なぜか蘇った思い出。それは、自分が作ったあのお祝いムービーを見て嬉しそうにするみんなの顔だった。


お祝いムービー……

あ、映像

「自分の作った映像でひかるを笑わせる」

それが十三歳の夏実の朽ちることのない夢となり、映画監督を目指す原点となる瞬間だった。しかし、それは野望にもなりえた。

映像を作る以前に、起立性調節障害という壁があったから。生きるのがやっとだったから。そして、家に戻れば孤独が待っているのだった。夜になるにつれて元気になる体と、元気を失う心。心と体はすれ違うことに長けていた。

毎日起きるとまず一日を諦める
自分に失望する
がっかりする
なんで当たり前のことができないの
体も心もどんどん自分じゃなくなっていく
怖い
怠けてなんかない
私がおかしいのかな
怠けてんのかな
サボってんのかな
なんで薬はないの
なんでだれも助けてくれないの

いつ見ても外は真っ暗
朝日が見たい、いつか見れるかな
みんな起きてよ

単純な疑問は増えていく一方であった。

夏実はある日、真夜中に家を出た。誰しもが家で気持ちよく寝ている真っ暗な夜。夏実は明かりがついた他人の家の前でぼーっと立ち尽くしていた。

この家の人、起きとるかな

夏実はただ家を見上げる。この家に入りたい、そんな欲望と共に夏実の手はすでにインターホンの数センチ手前まで伸びていた。彼女を止める手はもちろんあるわけがなく、むしろどんどん真っ黒なインターホンに伸びていく。夏実の後ろを車が通りすぎる。

「はっ」

夏実は素早く手を引っ込めた。自分を責める声が心で湧きあがり、それが全身を巡っていくのが分かる。重い足を引きずりながら、夏実は家へと戻っていった。

しかし数日後、夏実はまた真夜中を出歩いた。今日はこの前と違い、やけに元気ですでに向かう場所は決まっているようだ。夏実はなぜか、楽しそうに歩いている。歩くスピードもどんどん速くなっていく。真夜中の道路。街灯の下。彼女は歩く足を止めない。

「あっ」

喉の奥から漏れ出る声と夏実の顔からさっと引いた笑顔。

そして目の前には、暗い校舎と鍵のかかった門。視界がぼやけて焦点が合わない。
夏実の足は学校の門の前にあった。

静かに夏実の後を追っていた涼子は、もっと泣いた。
「夏実……？」

真夜中に制服姿で鞄を持っている夏実を見て——

普通に元気だよ
普通に学校行けるよ
何で学校閉まってるの
何で誰もいないの
私はここにいるよ
誰か、私の話を聞いて

夏実は、初めて人を憎らしいと思った。
光が遮《さえぎ》られ、狂乱した夏実の部屋。それは、夏実の荒《すさ》んだ心そのままだった。何もかもが無茶苦茶になってしまった。

教室で大笑いしていた自分を思い出しては泣いた。

友達の顔を思い出しては泣いた。

大好きだった友達の言葉も完全に受け付けなくなった。


このまま自分のことも、みんなのことも嫌いになる前にオワリたい

友達を嫌いになれば、心だけでなく体も傷つけてしまうような気がした。人を憎く思うことの残酷さを思い知った。

そしてある日ついに、夏実はどす黒い世界を見せられる。それも大好きだった学校で。


その日、夏実は珍しく調子が良く、松田から一時間だけ教室で授業を受けることを許可された。

この時、それが「幸い中の不幸」になるとは誰も思っていなかった。

その教科の女教師は、背が高く、髪もきれいに束ねられていた。夏実の起立性調節障害という病気についてあまり知らないようだった。

「なんで授業来んと？」

「なんで提出物出さんと？」

「なんかあったと？」

その女教師からは質問の嵐。

夏実は全く授業にも出ず、提出物も出さない、よくサボる奴としかその女教師の目には映っていなかったのだろう。

「病気です」

次に来る質問は分かっていた。

「病気？　それどういうやつ？　すぐ治るん？」

「起立性……」

一度に三つもの質問をふっかけてくる大人に、一語で答えようとした。

「あー、それね、はいはい。提出物とか出しに来んと評価ないよ」

夏実がいい終える前に堂々と遮ろうとする大人。

「提出物」

「評価」

夏実が脳の外に追いやった言葉をこの大人は簡単に脳内へ連れ込んだ。

それから、この二つの言葉を脳内に閉じ込めるように次の一言でトドメを刺された。


「頑張りなさい」


実に冷淡で心のこもっていない言葉。火に油を注ぐとはこのことを言うのだろうか。

夏実の中で限界まで伸びていたものが大人の一言によってプツン、と一瞬で切られた。間違いなく音がした。

ドクッドクッと徐々に速度を増す心臓の音。頭の中が真っ白になった。

夏実はこの時、毎日生きるのがやっとだった。目を覚ますことができるのは早くて正午。学校に少しの時間でも来ることができると、クラスのみんなが心から喜び、褒めてくれた。学校に来ることが夏実の大きな試練であり、死ぬ気で頑張らなければできないことだったから。起立性調節障害になって三か月が経った今も、病気のことを自分でさえ受け入れられていないのにも拘わらず、病名を口に出して他人に説明するのが本当に苦痛だった。「頑張りなさい」は夏実にとって、耳をふさぎたくなるような言葉。いわばＮＧワード。この女教師の「頑張りなさい」によって夏実はついに追い討ちをかけられたのだった。

うるさいなあ、頑張ってんだよなあ
毎日、生きるのに必死で、昨日死んでもおかしくなかったんだよなあ
評価？
そんなの気にしてたら、明日死んじゃうよ？
病名聞いて、知ったような口叩くんじゃねえよ！
遺書にコイツの名前書いて死のうかな
コイツはとんでもない武器をもっています
コイツの言葉で死にましたって

案外良いのかもね
てか、もうどうでもいいわ

夏実の「学校に行きたい」という最後の欲望は完全に消えてしまった。学校という大きな箱は全てが美しいもので溢れかえっているわけではないことを悟った。大人がモンスターに見え、学校は恐ろしい館に見えた。授業が終わり保健室に戻ると、布団に包《くる》まり一人隠れて何時間も泣いた。
起立性調節障害に関する本を読み漁り、夏実を診てくれる病院を探し回る涼子。夏実の病気で、睡眠時間、一人の時間、笑顔、今まで当たり前のようにあったものが、涼子からも奪われていることは明白だった。涼子の泣いている姿はもう何度も目にした。

お母さんの努力も踏みにじる気か

ぐちゃぐちゃになった感情。悔しさ、怒り、母への申し訳ない気持ち。自分が生きることで、沢山の人が迷惑する。病気になった自分を責めるほかなかった。「頑張りなさい」と言い放ったあの女教師の顔を頭の中で何度も蹴り倒した。

その日の夜。

夏実はしんと静まり返った部屋で一人、自分はもう限界に来た、そう確認した。夏実の右手にカッターが握られる。
刃はきれいに尖《とが》っていて、切れ味は抜群である。

私は病気と闘った
夜の孤独と闘った

お母さん、お弁当せっかく作ってくれたのに食べられんでごめんね
ソフトでの活躍見せてあげられんでごめんね
「ありがとう」って伝えられんでごめんね
沢山本読ませせて、勉強させせてごめんね
笑顔奪ってごめんね
沢山迷惑かけてごめんね
私がごめんねって言ったときの、お母さんの「いいよ」が本当の「いいよ」に聞こえないの
お母さんの泣いてるところ沢山見たよ
無理させてごめんね
夏実はカッターを握った手を首に近づけていった。血管まであと八センチといったところだろうか。

はぁ、はぁと吐息が漏れる。

あと五センチ……暗闇で刃先が光る。

確実に刃は首の血管に近づいている。


「ごめんね、お母さん」

母に対して申し訳ないと思うこと、それを誰も望んでいないことぐらい分かってた。しかし、心を保つ方法が唯一謝ることであると自分に言い聞かせるようになった。

ぶるぶると首元で震えだす手。

つられて刃も震えている。

限界。

青い血管が急げと言っているようだ。

あと三センチ。

苦しい

ゴクリと唾を飲む。

両手がガタガタと震え出した。

もう後には戻れなくなっている。

あとちょっと！

あとちょっとだから！

その時だった。

……誰？

暗闇の中からカオが浮かび上がった。首から下はない。そのカオは炎に包まれていて、はっきりと形が見えない。とても苦しそうにしている。

誰なの！

いくら頭を振っても消えない。

カオは、今にも死にそうだ。

消えて！　お願い！

死ねないじゃん！
カッターの刃は血管まであと数ミリ。
カオはますます大きくなり夏実を威圧していく。

死なせろ！

炎に包まれて燃えるカオは夏実に襲いかかる勢いだ。
もう私が生きていても意味ないの！
私が生きてればお母さんは傷つく！　傷ついて笑わなくなる！
笑わなくなって遠くにいく！
遠くに行けばもっと孤独になる！

「つらいよ」
夏実の目からは涙が流れている。夏実は疲れきっていた。

その時だった。

ん……？

カオが、一瞬どこかで見たことあるような顔に見えた。
すると夏実はゆっくりと深呼吸した。

あぁ……

そうかぁ、そうだったんだね……
夏実はなにかを悟ったようだ。
カオは徐々に消えていく。

あなたも生死を彷徨《さまよ》ってるんだよね

夏実にはあのカオの正体が分かった。

私が死ぬのを止めようとしに来たわけじゃないんだよね
一緒についてこようとしてたんだね、私の死に
私が死んだら、あなたもついてくるんでしょ
私、あなたを殺すところだったね

あの女教師と一緒だ
だめだね、ごめんね
夏実はカッターを引き出しの奥に静かにしまった。私だけ先に行こうとしてた
もうやめるね

一緒に生きよう

夜の静寂に包み込まれるように夏実は眠りについた。

第四章

兆し

梅雨が明け、蟬の声が盛んになり始める七月の頭。日射しが強くなるのと同時に、夏実の闘病生活にも光が差し始めた。

「夏実！　病院見つかったよ！」

ようやく、夏実の病気を専門的に診てもらえる病院がいくつか見つかったのだ。しかし、起立性調節障害を専門とする病院は全国でも少なく、どの病院も予約は全て埋まっていた。

「夏実、半年も待つんだって」

リビングで涼子は、スマホの画面に映る予約表を見ながら言った。

「半年後って、私、中学三年生やね。なれるかな」

夏実は光を失ったように、何もない空をぼんやりと見つめる。そして、夏実はどんよりとした顔で自分の部屋へと戻っていった。夏実はここ最近、部屋で引き出しを見る度に決まって考え事をする。

あ、カッター

引き出しの中のカッターだ。

カッターで私死のうとしてたっけ？

夏実は首を切ろうとしたその後に起こったことが、全くと言っていいほど思い出せないでいる。夏実は次の日も、そのことをなんとか思い出そうとしていた。しかし、やはり一向に思い出せない。そんなことをしているうちに、涼子から思わぬ報《しら》せがあった。

「夏実！　キャンセル出たって！　大阪の病院！」

瞼が消えてしまったのかと思わせるほど、涼子の目が大きく開いていた。

「やっと診てもらえるね」

夏実は、キャンセルした人がいることを果たして喜んでいいものか、と少しばかり考えた。しかし、今は自分の病気に向き合わないと。そう思い、大阪に行くことを決意した。移動手段の手配は、全て父慎司が取り行った。

そして、涼子と夏実、親子二人で大阪へ向かった。

新幹線の中から見える景色は移り替わるのが速くて、こちらに何も感じさせないようにしているようだ。新幹線で揺られることおよそ二時間半。夏実と涼子は大阪に降り立った。新大阪駅を出て地下鉄を乗り継ぎ、ようやく待ち望んでいた病院の看板を目の前にした。

「お母さん、長かったね」

四か月、探し続けた病院に、ついに二人は足を踏み入れた。

待合室には夏実と同じくらいの年と思われる中学生や高校生ぐらいの子が、保護者と並んで座っていた。なかには出勤前と思われる二十代くらいのスーツを着たサラリーマン風の姿も見られた。二人はそこで、改めて起立性調節障害の現状を知ったのであった。今、目の前に座っている子たちも皆、ここに来るまで相当長い道のりを経てきたに違いない。

みんな、一年ぐらい待ったんかな

今も、診てもらえるのを待っている人がいると思うと、心が痛んで仕方なかった。

静かな待合室で心を痛めながら、夏実は涼子と二人で小さなソファに腰かける。そして名前が呼ばれるのをただ待った。病院の待ち時間は決して短くはなかった。しかし、それがかえって診察の丁寧さを示しているように思え、夏実は安心した。

「西山さーん、どうぞー」

受付の女性に名前を呼ばれ、夏実は診察室の扉を前にした。

「よくここまで来てくれたね」

先生の第一声。夏実と涼子は、ここは今までの病院とは違うのだと悟った。夏実が診てもらうのは起立性調節障害の治療に三十年以上携わっている、起立性調節障害診療の第一人者と呼ばれる名医であった。

夏実が訪ねたこの病院には起立性調節障害診断の専用の機械が設置されており、ありとあらゆる精密検査を受けた。そして夏実は、そこで改めて、正式に起立性調節障害であると診断された。水分は毎日二リットル飲むこと、毎日六十分散歩することなど、夏実は病気を治すためのアドバイスを先生から受けた。この病気にすぐに効く薬はない。また、病院は大阪にあるため、通院など到底できるはずがない。しかし、

「あなたはよく頑張っていますね。そんなに学校が好きだったあなたなら大丈夫ですよ」

と自分のことを心から理解してくれる先生に出会えたことは、夏実にとって最大の心の支えとなった。そしてまた、涼子も同じ思いを抱いていた。

涼子は、起立性調節障害の子を持つ母としての悩みやプレッシャー全てを先生に話した。先生は、うんうん、と頷きながら全てを受け入れてくれた。それは、今まで涼子の中で張りつめていたものが、一気に解かれた瞬間だったのだ。涼子はやっとの思いで、

「そんなに頑張らなくていいですよ」

と言ってもらえる場所に辿り着いたのだ。

夏実は、涼子の本当に嬉しそうな顔を久しぶりに見て、安心した。

お父さん、お母さん、大阪まで連れてきてくれてありがとう

帰りの新幹線に乗っている間、そして家に着いてからもずっと、二人は顔をほころばせていた。

しかし、その後もまだ時々、引き出しの奥にしまったあのカッターに手を伸ばしそうになることが

あった。

そんな時、夏実を救ってくれるものがあった。

——Entertainment

夜の眠れない孤独と闘った時、生きることが絶望に変わった時、どんな時もエンターテインメントは唯一変わることなくそばにいてくれた。エンターテインメントの世界は「一人じゃないよ」の言葉で溢れ返っているように思えた。生きがいを感じられなくなった生活の中で、ドラマ、映画、ミュージックビデオ、ライブ映像を見ている時間だけは唯一人間でいられた。二次元の画面の向こう側に映るのは、何かを体現しようとしている三次元のエンターテイナーの姿。笑いたい時、泣きたい時、無心になりたい時、そして、死にたいと思った時、戻ってくる場所がいつもそこにはあった。見る者に希望という名の生きる喜びを与え、勇気という名の最大の誇りを与えるエンターテインメント。死のうとする人間に「生きろ」と投げかけるのではなく、「一緒に生きよう」と寄り添うエンターテインメントの計り知れない力を夏実は知ってしまったのであった。

そんなエンターテインメントに力を借りたおかげもあり、夏実の体は少しずつ良くなりだした。

そして精神的にも微小ながら回復し始めていた。

＊

ひかるです。
もう十月です。今日も保健室で何とか生きています。
木枯らしが吹いてます。
さっむいなあ、もう。
窓を閉めると松田先生がすぐ換気換気、って言いながら窓を開けに来ます。
無言の窓の争いです。
夏実、学校にいる時間が長くなったような気がする。
ずっと暗かったけど、顔色もだんだん良くなってきた。

「夏実、あんたも行くよ！」
「いや、無理やし」

夏実、友菜って子にずっと言い返してる。

「ひかるちゃんも、夏実と一緒に行くよね⁉」
「……」

＊

夏実には中学最大のイベントが差し迫っていた。修学旅行である。しかし、その頃の夏実は教室で授業を受けられる時間が少し増えたくらいで、まだ病気が完治したわけでは全くなかった。


しかし夏実が修学旅行に行くかどうかということに関して、

「調子が良いのは、今だけかもしれんし」

「また、いつ倒れるかも分からんのに」

夏実の意思とは関係なく、両親も松田も許可しなかった。

「やっぱり、松田先生とお母さんの言う通り。っていうか、出発の日に起きられるかも分からんし。私には無理」

夏実は首を傾げながら少々キレ気味に言う。

そんな夏実に、

「なっつー、行くよ。修学旅行」

妙なトーンで声をかけたのは友菜だった。

「なっつーが学校来れるように沢山目標立ててよ」

友菜はこれまで夏実が生きがいを感じられるように、と目標を沢山立ててきた。

・体育祭に出る
・合唱コンクールに出る
・一緒に登校する
・一緒に下校する
・一日教室で過ごす

そして、
・修学旅行に行く

二人の最後の目標だった。

最後の一つ以外はなんとか達成してきた。それは、夏実の努力と友菜の支えなしでは決してできなかったことだろう。だから、最後の一つの目標を是《ぜ》が非でも二人で叶えたかったのだ。

もし、出発日の朝、目が覚めずに新幹線に乗り遅れれば——

二人の「修学旅行に行く」という目標は賭けでもあったのだ。それでも、最後に賭けてみたかった。その賭けの挑戦権を得るために友菜は必死に頼み込んだ。この学校の全主導権を握っているといわれる、玉野中のラスボス、松田に。

「松田先生、お願い！」

友菜は両手を体の前で合わせて真剣な顔で松田に頼み込んでいる。夏実は全く乗り気になっていない。

「私がダメって言ったらダメなのよ」

松田もなかなか手ごわいようだ。それでも、諦めずに毎日毎日、松田に頼み続けた。

しかし、返ってくる言葉はやはり、

「無理よ」

の一言だった。

夏実も、

「無理に決まっとる」

この一言だったが、その度に友菜は、

「明日も言いに来るけん！」

と保健室に声を響き渡らせたのだった。

「修学旅行は二の二全員で行かなね」

気が付くとクラスメート全員、夏実が修学旅行に行くことを懇願するようになっていた。

クラスには、なかなか学校に来られなかった夏実もしっかりと存在していたようだ。

松田も悩んでいた。夏実を修学旅行に参加させるのは、やはりリスクが大きすぎるのだ。

何かあったら、じゃ遅いもんなあ
松田は何日も考えた。そうして、ある行動に出た。

「お母さん、一つご提案があります」

「はい」

「――――しませんか？」

それが、松田の必死に導き出した答えだった。こんな無理な提案ができるのも、夏実の保健室登校で深まった絆があったからだろう。

涼子は、松田の提案に、

「分かりました」

そう答えたのだった。

そしてついに、

「三日間のスケジュール、今から言うよ。いい？」

松田は言った。

「出発の日、先生は駅で待っとるけん」

そう言いながら、修学旅行のしおりを夏実に差し出した。夏実も小さく頷きながら、しおりを受け取る。保健室の白いカーテンが風で室内になびく。

「友菜、修学旅行。行っていいらしい」

保健室にやって来た友菜に、夏実は静かに言う。

「やった！　あとは、祈るだけやな」

友菜は夏実の目を真っ直ぐに見つめていた。

＊

修学旅行ねえ。え、明日？

ま、ひかるには保健室を守るっていう重要な役目があるのでね。

ひかるは、行くか行かないかじゃない。

行かないか寝るか、だから。

みんなの顔見たらどうせパニックになるし。

だけど、夏実はひかると行くんだって言い張ってます。

どうしてもひかるを連れていきたいらしいです。

いや、まてまて。勝手に決めるな。こっちまだなんも言ってねーぞ？

「明日、頑張って起きるけん、ひかるも来れたら来てほしい」

そう言って、夏実は帰っていきました。

夏実、無理だよ。
別に夏実と二人きりなら行ってもいいかなとは思うんだけど。
そういえば、夏実のお母さんってひかるの癒しなんですよね。
いっつも笑ってひかるちゃん、ひかるちゃん、って声をかけてくれるんですよ。
夏実のお母さん見て思った。

夏実、あんた一人じゃないよ。

だけどさ、ひかるももう一人じゃなくなったのかな。
あんたがいるから。
毎日、うちらはお通夜で顔死んでるけどさ、案外それも悪くないね。
夏実と修学旅行……。
楽しくないかもだけど、楽しいんだろうな。
だから、やっぱり賭けてみたいなって思う。
あんたにも、自分にも。

ちょっと今からスーツケース探してくる。

＊

出発日前日の夜。

夏実のもとに友菜からメッセージが届いた。

『ラストの目標やし、一番クリアしたいことやけんこんな病気なんかに負けたくない。友菜はなっつーじゃないけん、なっつーがどれほど苦しいのか、どれほど痛いのかは分からん。やけん痛み分からんくせに言わんでって思うかもしれん。けど、苦しみとか喜びとかを一緒に分かち合えるように必死に頑張りよる。やけん、絶対最後クリアさせたい。最高の思い出作ろうな』

夏実は友菜の言葉に安心して、明日に備えて眠った。


そして、出発日の朝。

「なっつー来るかな」

「でも、もう時間……」

駅の集合場所に夏実以外の生徒はもうすでに全員集まっていた。約束の時間は十五分ほど過ぎたが、もしかしたら、の一心で先生も生徒も冷や冷やしながら夏実が来るのを待った。腕時計と睨み合いながら。

そして、みんなとは少し離れた場所にあの、目に力がないひかるの姿もあった。やはり、みんなに顔を見られたくないのか、首はほぼ直角に折れ曲がっている。


「ちょっとトイレ」

「友菜、さっき行ってたじゃん」

「落ち着かんくなってきた」

いつもは強がる友菜も焦りを隠しきれなくなっていた。

しかし、ちょうどその時だった。

遠くから、寝ぼけている体を大人に引きずられて、女の子がこちらに向かっているのが見える。夏実だ。夏実はなんとか起きられたようだ。

その場にいた全員の口が開いているのは確かであった。なかには涙を流す者もいた。

「なっつー、おはよう!」

と言って、目を宝石のように輝かせる友菜。寝ぼけた体を起こすように、夏実はみんなと強く抱き合った。こうして夏実の修学旅行が始まったのであった。


修学旅行一日目。

最初、夏実はまだ心から楽しみきれていないようだったが、少しずつ、友達と過ごす感覚を取り戻すようになっていった。そして一日目が終わる頃には満面の笑みを見せていた。

寝るまで横に友達がいてくれる。

また、夏実にとって病気になって初めての孤独を感じない夜だった。それは彼女が本当に求めていたものだったのかもしれない。

頑張ったね、お疲れ様

と寝る前に心の中で何回も唱え、夏実は奇跡的に気持ちよく一日を終えたのだった。

*

ひかる、賭けに成功したみたいです。
夏実すごく楽しそうやった。小さい子供みたいで、ずっとはしゃいでた。
夏実、頑張ったんやね。

だけど、ひかる、正直帰りたくなったよ。
みんなを見るのが怖い。
息が上がって、苦しくなって、死にそうになる。
今日、過呼吸寸前でした。

でも、帰りたいとか言えるわけがない。

あと二日、生きてられっかなあ。

夏実のお母さん、いないかな。

＊

修学旅行二日目。

「おはよう！」

「おーおはよう！」

この日もなんとか夏実は友達に「おはよう」を言うことができた。夏実は一日中、班別行動を楽しんだ。


「今日の夜レクリエーションあるやん！」

「楽しみすぎる！」

この日の夜は夏実が一番楽しみにしていたレクリエーションが予定されていた。

しかし、レクリエーションが始まる直前、夏実は宿泊するホテルの医務室に呼ばれた。

「なっちゃん、レクリエーション中は松田先生とここにいようか」

なんと、松田は夏実にレクリエーションへの参加を禁止した。

「え、嫌だ」

夏実は拒否した。

「ずっとはしゃいでるからそろそろ休もう。今日はこのくらいにして明日に備えよう」

夏実の二日間の様子から、判断して出した言葉だった。

それでも、

「いやだ……友達といたい」

夏実の声が次第に細くなっていく。

「三日目参加できんでもいいと？」

「今は友達とおりたいと！」

言葉をいい終わらないうちに、夏実はその部屋を飛び出した。夏実を逃がすまいとする松田の手を振り払い、レクリエーション会場の方に走った。

三日目とかもうどうでもいい

夏実の最優先事項は明日よりも今日だった。夏実が会場に着くと、レクリエーションはすでに始まっていた。

お祭りのように、みんなは輪になってはしゃいでいる。

「え？　なっつー!?」

みんなの驚いたような表情が窺える。

「逃げてきた！　松田先生には後で謝る！」

夏実は大声で、少し笑いながら言った。

「なっつー」

友菜はこの時ばかりは、松田のところに戻れ、とは言えなかったようだ。夏実の楽しそうな顔が見えたから。夏実が笑っていたから。レクリエーションが終わると、友菜に支えられながら、夏実は倒れこむように眠ったのであった。

友菜、これで目標達成やね

一方、この日ひかるはとうとう過呼吸を起こしたのだった。

＊

ひかる、やっぱりきつかった。

明日、生きてるかな。みんな楽しそうだな。

帰りたいな。

＊

修学旅行三日目　午前十一時。

夏実が起き上がって周りを見回すと部屋には誰もいなかった。いや、知った顔が一人いた。

「お母さん？」

夢か。そう思った。しかし、視界がだんだんはっきりとしてくる。どうやら、夏実は現実にいるようだ。

「なんでいるの……？」

夏実は混乱状態にあった。

「夏実、おはよう」

涼子がゆっくりとこちらに笑顔を向け、そのままこう続けた。

「お母さんね、ずっと夏実のスパイしてたの」

夏実はますます訳が分からなくなっているようだ。

「スパイって？　ずっと、ついて来とったん？」

「うん、ここからすぐ近くのホテルに泊まってた。夏実の体調が悪くなった時いつでも迎えに来れるように。いつでも帰れるように。先生が、毎日状況伝えてくれてたの」

「え……。てことは、今日はもう帰らないかんと？」

夏実の混乱は強くなる一方だった。

「うん……」

涼子は答えにくそうに言う。

夏実の目に涙が溜まる。それは、三日目に参加できなかった悔しさと母の顔を見ることのできた安心感から来るものであった。涼子と松田の絆が浅ければ、今回修学旅行に参加できなかったと思うと、夏実は涼子への感謝の気持ちでいっぱいになった。

「帰ろっか……」

二人で乗った帰りの新幹線。車内の静けさが余計に、行きの車内ではしゃいでいた自分を思い出させた。行きとは違う乗り物に乗っているのかと疑いそうになった。

そして、夏実には、心のつかえが残っていた。それは言うまでもなく、ひかるの存在。修学旅行中、ひかるが常にきつそうにしているのを夏実はずっと見ていた。そんなひかるを置いてきてしまったことが夏実は悔やみきれないでいた。

私が誘って、せっかく来てくれたのに

夏実は家に戻っても頭の中がひかるだらけであった。

しかし、それは涼子も同じであったようだ。保健室で夏実とひかるが座って並ぶ姿。その姿を毎日見るうちにいつの間にか、ひかるのことを我が子同然に感じるようになっていたのだ。

「ひかるちゃん、迎えに行ってくる」

涼子はそう言って、修学旅行先から帰ってくるひかるを迎えに行った。夏実もついて行きたかったが、体がそれどころではなかったため、家で待機することにした。

涼子は、学校の保健室でひかるが帰ってくるのを待つ。夕日が差し込んでいる教室で、ひかるの顔を頭に思い浮かべる。

ガラガラガラ
保健室の扉が開いた。涼子は扉に目をやる。

「ひかるちゃん」

ひかるの目は、出発日に見た時よりも死んでいる。涼子の姿を確認するや否や、ひかるの体が固まった。歩き方もまるで幽霊のようだ。右に行ったり左に行ったりしていて、真っ直ぐ歩けていない。それでもひかるはなんとかよろけながらも歩く。

「おかえり」

と涼子が言った瞬間、ひかるの足がピタリと止まった。

やっと終わったよ

ひかるの目から、次々に涙が溢れてくる。ひかるの顔は、もう涙でぐちゃぐちゃになっている。

それでもなんとか、歩こうとする。

一歩、そしてまた一歩……

ようやくひかるは涼子の目の前に立った。

「おつかれさま」

涼子はそう言った。その瞬間、ひかるは大号泣しながら涼子に抱きついた。

つかれたあ

ひかるは何も言葉を発さず、うっうっ、と声を上げて泣きじゃくる。

「頑張ったね」

と言って、涼子はひかるを抱きしめると、ひかるは涼子の肩に顔を埋めた。

「もう大丈夫」

ボロボロと涙を流しながら、涼子は弱ったひかるを強く抱きしめていた。ひかるも体を震わせながら、涼子の体からいつまでも小さな手を離さなかった。二人は互いの涙を服で拭いあっていた。

保健室に差し込んだ夕日は、二人を明るく照らしていた。ゆったりとした時間が二人の間に流れたのだった。

＊

ただいまです。

蒔田ひかる生還いたしました。

夏実のお母さんは、やっぱり温かい。

夏実のお母さんに抱きしめられたとき、三日間の「恐怖」っていう真っ黒な思い出が、全て「安心」っていう見たことのない不思議な色で塗り替えられた。

心ってちゃんと温かいんですね。

体温上がってたよ。いや、心温？

心が溶けたみたいな変な感覚。

上手く伝わんないだろうけどさ。


夏実、誘ってくれてまじありがとう。

夏実のおかげで、修学旅行に行ったたっていう事実が残った。

ちょっときつかったけどさ、修学旅行に行く意味はちゃんとあったよ。

夏実、よく頑張ったね。

いつか、声に出して言いたい。

「夏実ありがとう」って。

＊

手が凍ってしまいそうなぐらいに冷たい風が吹き、テレビの天気予報には雪だるまのマークが見え始めた一月。教室からは、雪が確認できる。

「病気治ったかもしれん！」

朝は友菜と登校し、昼は教室で一日を過ごすという当たり前の生活を夏実は少しずつ取り戻していった。

ずっと待ち望んでいた「当たり前の生活」である。


「まじ!?　頑張ったね」

友達全員が自分のことのように喜んでくれた。

「おめでとう」

手紙を渡してくれる友もいた。

夏実はこの言葉を聞く度に喜びを噛みしめた。

しかし、そんな日々もすぐに終わりが来た。春が近づくと、また不安定な体調に戻ったのだ。起立性調節障害は冬の間は症状が軽くなるのだが、春から夏にかけてひどくなるという特徴をもっている。症状は、昨年よりも軽くなっていたが、夏実の居場所は教室から保健室に戻りつつあった。

またかあ

夏実は思索にふけりながら、なんとなく、ひかるの方に目を向けた。

そして、ふとあの野望が蘇った。

ひかるを笑わせたい

夏実はそれから迷宮入りしたように考え込んだ。しかし、映像でひかるを笑わせたいといっても、自分に今できることが思いつかなかった。今は病気を治すことが最優先ではあるが、「ひかるを笑わせる」という夢は、神様でさえも奪えないと思った。そんなとき、夏実はあることを思いついた。思いついたら即行動、猪突猛進癖のある彼女は、その日の晩に涼子を前にしてこう宣言した。

「お母さん、私、保健室登校やめる」

「やめるって、なんで?」

すぐに涼子の顔が暗くなる。

「やめて、受験勉強する」

「やめなくても、受験勉強はできるでしょ。それに受験は無理しなくていいって言ったよね。体のこともあるし、周りと比べなくてもいいんだよ夏実は」

涼子の諭すような口調と、夏実の真っ直ぐな声がぶつかっている。

「そう思ってた。あの日からずっと。私は周りとは違う、あっち側の人間じゃないから夢とか目標とか作るのやめようって。でもね私、夢があるの。小さい頃から憧れてた映像の仕事がしたい、だから今は、勉強を頑張りたい」

夏実の自信と希望に満ちた目を見るのは、涼子も久しぶりだった。それでも、勉強を頑張ることよりも、病気の治療に専念することが夏実にとって最優先であると考えていた。

「でも受験勉強するのは簡単じゃないっ」

「分かってる！」

涼子の言葉に夏実の言葉がかぶさる。夏実は、まだ自分の気持ちを言い終えていないようだ。

「私中二から保健室登校だったし、今から勉強したって間に合うわけない。病気、治ってないのに馬鹿だなって。受かったって通えるかも分かんないし」

「だったらどうしてそんなにこだわるの」

「ひかるを笑わせたい」

「それとこれと何の関係があるの」

いくら夏実の親であっても、涼子には夏実の言っていることが今一つピンと来ていなかった。

「私、あの子のことなにも知らない。笑うところも見たことない。でもね、あの子が布団をかけてくれた時、手が温かかった。ああまだこの子笑えるんだって思った。私、あの子に沢山助けてもらったのにさ、まだ何にも返せてない。あの子を笑わせるって決めたの。でも、どうやったら笑ってくれるか分からなくて、自分にできることって何だろうって考えた時に私には映像しかなかった。映像でひかるを笑わせたい」

「夏実の夢は分かった。受験は応援する。でもやっぱりお母さんは自分の体を大切にしてほしい。保健室登校はやめなくていいんじゃないの」

「私変わりたいの。一人の人を笑わせられるくらいに強くなりたい。このでっかい壁を乗り越えたら、私変われる気がする。もう怯えながら生きていくの嫌だから」

こうして、夏実は中学三年生になると同時に約一年続いた保健室登校をやめた。

そして、三年生に進級して数日経ったある日。保健室登校をやめたことをひかるに伝えようと夏実は保健室に向かった。

「ん？」

そこには、松田以外誰もいなかった。

「先生、ひかるは今日、休み？」

「ひかるね、保健室来なくなったわよ。『あおぞら』に移ったみたい」

アオゾラ？

松田が言っていたその「あおぞら」と呼ばれる教室に夏実は向かった。

しかし、そこは薄汚れたベージュのカーテンで完全に閉めきられ、中の様子が外から全くく見えないようになっていた。夏実がノックをすると中から五十代くらいの背の低い女の先生が姿を見せた。

「戻りなさい。ここは一般生徒立ち入り禁止ですよ」

とげを刺すような言い方だった。しかし、そんな大人を相手に夏実は食い下がった。

「ひかる、中にいるんですよね。会わせてください」

夏実は身を乗りだすように全身で訴えた。しかし、夏実の訴えを一刀両断するかのように先生は冷淡にこう言い放った。

「あなたには関係ありません。いいから戻りなさい」

関係ない？　なんで？

「関係ない」そう言われた以上、もう何を言っても無駄だと思った。夏実は奥歯を強く噛み、怒りが爆発するのを必死で抑えた。先生は早く戻れと言わんばかりに、にこりともせず、仁王立ちをしてこちらに鋭い視線を送っている。

「ひかる！　ひかる？」

夏実は必死に扉をたたく。

「ひかる！　開けて！　話したいことがある」

最初は声を荒らげていた夏実が、扉をたたくのをやめて落ち着いた口調で話す。

「私変わるから。逃げずに病気と向き合って強くなってまた会いに来るから。ひかる、あんたが変えてくれたんだよ。ありがと」

以降、夏実が何度願っても、ひかるが姿を見せることはなかった。ひかると夏実を隔てる薄い扉と薄汚れたベージュのカーテンたった一枚。夏実には、ひかるを一人にさせてしまった、という罪悪感だけが残っていた。

そして、ひかるはもう会ってはくれないのだ、そう確信した。

保健室でひかると過ごした日々は幻に変わった。

＊

「あおぞら」は保健室よりも静かです。「あおぞら」って、ひかる以外にも色々な子がいるんですよ。

だけど、誰も口開かないんですよ。

みんなもひかるみたいに、心で会話してんだろうな。

保健室はひかるには難易度高かったです。

だって人の出入りが頻繁なんだもん。

ひかるは早くこっちに来たかったよ。

だけど、夏実を一人にはしたくなかった。

だから、夏実が教室に戻れるようになるまで保健室にいようって決めてたんですよね。

夏実の居場所がひかるの居場所でもあったし。夏実がいずれ教室に戻ることは分かってたよ？

うん、分かってたけどさ、いざいなくなるとね、ひかるちょっと寂しい。

夏実とはもう会えんけど、夏実のこと応援してる。

会えなくなったのは夏実が元気になった証拠。

だから何も悪くないよ。

夏実なら、きっと大丈夫。

ずっとひかるの隣にいてくれてありがとう。

夏実のお母さん、ありがとう。


さ、ひかるは「あおぞら」にひきこもりますかね。

＊

また二組か——

夏実は新しいクラスに不安を募らせていた。保健室という場所から自立したことで、友達の支えが必要になると感じていた。

ちゃんとやっていけるかな

そう思いながらクラスのメンバーを見回していた。しかし、そんな不安も一瞬でどこかへ消えた。

「なっつー！」

そう言っていきなり夏実に飛びついてきた子がいた。友菜だ。

友菜がいるなら大丈夫

夏実は友菜の存在に喜びを噛みしめた。

中三に進級した夏実は色んなものを抱えていた。ひかるに対する罪悪感、起立性調節障害による不安定な体調、遅れている勉強。毎日学校には通っていたが、そのほとんどが午後からの登校で、朝から通えるのは週に一回程度だった。この不完全な登校状況で、勉強には追いつけていなかったが、学校にいる時間が長いほど、友達に会える時間ができたことは、夏実の心を豊かにするのに大きく作用した。たとえ夏実が学校を休んだ日でも、友達からの心配するＬＩＮＥが日常的に届くようになった。

「なっつーがおらんくなったらどうしよう。友菜生きていけんよ」

なんでもないふとした時に友菜が発した言葉。おそらく、本人は深く何かを考えているわけではなかったのだろう。
　しかし、その言葉はその時の夏実の心に強く響いていた。
　私が生きることが誰かの幸せになっている
　そう思えたのだから。夏実はそうやって誰かと幸せを共有できるまでになっていたのだ。それは一年前の自分からは想像もできないことだった。

＊

六月七日　木曜日
一年前の今の自分よりはるかに成長した。
体調的にも精神的にも、自分でも驚くくらい。
だから自分に自信をもって。
あの辛い日々を乗り越えられたからきっと大丈夫。
他の人より、一年間ですごく強くなれた。
強いよ。やらなきゃいけないことはやって、
楽しむときに、頭がおかしくなるくらい思いっきり楽しむ。

そんな最後の一年にしよう。
とりあえず、本当に後悔しないように。
ただ、それだけ。

＊

夏実は調子の良い日と悪い日を繰り返しながら、なんとか教室に通った。しかし学力は見事に地を這っていた。一般的に「馬鹿」と呼ばれるものである。午後から通うことが多いせいで授業に追いつけていないことや、保健室登校で受けられていなかった二年生の授業。これらが大きな原因だった。それでも夏実は生きがいを感じていた。笑うことに全てのエネルギーを注ぐ毎日に。友達に囲まれる毎日に。

夏実は少しではあったがやんちゃぼうずに戻ったのだった。

第五章

シロノ

受験は団体戦――

こんな言葉を、最初に言い始めたのは一体誰なのだろう。

必ずしも、仲間と勝敗を分かち合えるとは限らないのに。

時間は堂々と流れ、気が付けば、どうしても周りの人の事情を気にしだすあの季節になっていた。

八月のとてつもない暑さを半端に託されたような九月のある日。夏実は調子の良い日、悪い日を繰り返しながら今日もなんとか教室に通っている。夏実の笑いが絶えないのは相変わらずだ。

「なっつー！　なっつーはどこ行くとー？」

「通信か映像系の高校かな」

「先生が一つは高校のオープンスクール行っとけって」

「えーでも志望校とかまだよく分からんし」

夏実は勉強を頑張ると決心したものの、教室に通うだけで精いっぱいで、志望校を決められるような学力を持ち合わせることはまだできていなかった。

「じゃあさ、シロノ行こーよ」

「シロノ……？　は？　どこそれ。てか、日本？」

「なっつーシロノも知らんの⁉　学区一位よ！」

シロノ？

イチイ……？

「あっははははぁぁあ！　うちらの頭で⁉　無駄無駄！」

夏実は笑いが止まらない。

「なっつーほんと馬鹿やなあ。馬鹿やけんこそ行くんよ‼　シロノとか一生入れんけん、うちらの頭だと」

白野宮高校。

通称「シロノ」――

それは、偏差値七十二の県内トップを争う高校であった――しかし、夏実のこの時の偏差値は四十六行くか行かないか。

到底彼女にはシロノなど無縁の世界であった。

「一生に一度の体験的な？」

「そうそう！　門の前でシロノ受かりましたって顔して、写真撮ってさ、合格発表の日にツイッターにあげよ！」

「え、それ案外いいかもしれん！　みんなにドッキリかけてみる⁉」

夏実はなんだか楽しそうだ。

眼鏡のガリ勉だらけな学校とか……
私には似合わんし
ていうか、行きたくないし

この時夏実にとって、オープンスクールはただの遊び感覚のものでしかなかった。

そう、この時は。

オープンスクールの日。

「ねーシロノまであと何分で着くんー？　てか、シロノとかほんとにあるん？　うちら地図も読めんのに行ったたって無理よ。帰ろうよ」

夏実は歩き疲れてぼやき始めている。しかし、さっきから隣で地図を傾けたり、回転させたりしている友達を見ると、ただついて行くしかなくなってくる。

「でも、あとちょっとで着くけん！」

「えーもうどっか遊びに行こうよ」

夏実はもう行く気なんてさらさらないようだ。すると、いきなり道案内をしていた友達の足がぴたりと止まった。

「シロノミヤこうこう……あった。着いた……着いたよ！　シロノ！」

友達は門の前ではしゃいでいる。彼女は辿り着いただけで満足なのだろう。今度は友達の方がシロノの門を前にして、帰ろう、などと言っている。

「なっつー？　よし、どっか遊び行こうか！」

「……」

夏実の返答がない。

さっきまであんなに愚痴をこぼしていた夏実がなぜか黙りこくっている。

「なっつー？　なっつー？」

まだ返答なしだ。

夏実は、その場で立ち尽くし、何かに取り憑かれたように門の向こうに広がる光景をただぼんやり見つめている。

夏実が見つめる先にあるのは、

「教科書を持ち歩く眼鏡のガリ勉集団」

ではなくて、
楽しそうにベースを弾く子。

パンを口にくわえて歩く男の子。

お団子ヘアの女の子。

校舎の外ではしゃぎ回る男子軍団。

それはみんな、『笑顔をこぼしながら歩くキラキラとした高校生』であった。

誰一人、教科書を持ち歩く者などいないこの空間。

まるで学園ドラマで見たことのあるような高校生たちの姿がそこにはあったのだ。

高校生の太陽のような笑顔が自分を明るく照らしているようだった。古びた校舎が余計にその笑顔を引き立たせていたのもあるかもしれない。


「なっつー？　なっつー？」

いくら名前を呼ばれても、友達の声は夏実には聞こえていないようだ。

友達は自分が名前を間違えてしまったのかと普通じゃありえない発想になったかのように、え？あなたなっつーよね、と夏実の顔を何度も確認している。しかし、やはりどこからどう見ても夏実だ。

夏実が口を開かなくなって、かれこれ四十秒ほど経過している。いつの間にか、彼女の目は、宝石が埋め込まれたように輝き、体が前に前に引っ張られたように前のめりになっている。

「ここだ……」

夏実は、ようやく口を動かした。

「ん？」

「うん、ここだ。私……シロノ、行く」

「もーまた冗談ー？」

友達は笑いながら夏実を軽く突き飛ばす。しかし、そのときの夏実の顔に一切笑いはなかった。

「冗談とかじゃない、まじ。私、シロノ行きたい」

夏実は自分でも辻褄の合わなさを感じた。目の前にそびえ立つのは、映像系の専門でもなく通信でもなく偏差値七十二の高校。楽しそうにはしゃぎ回る高校生たちの声が飛び交うこの場所で、映像を撮りたいと、体に電撃が走ったかのように彼女は強く思った。

シロノって私のための学校だ
ここに来たら、絶対に何かが変わる
私があの制服を着て、笑ってるのが見える
友達と大笑いしているのが見える
ここしか見えない
ここだ
ここじゃなきゃダメなんだ
ここで映像がしたい
ここでならひかるを笑わせられる

夏実は、もうまさに「シロノに行きたい」という衝動に駆られていた。

丘の上にそびえ立つシロノ。そこは夏実にとって異空間であった。これまでに感じたことのない不思議な力を夏実は全身で感じたのであった。

帰り際、

「門の前で写真撮ってから帰ろっか」

友達が言った言葉に、

「私はいい。入学式の日に撮るから」

夏実は友達の言葉を斬った。

そして、

「絶対また来ます」

と振り返って一礼した。

一生くぐらないと思っていたシロノの門に。もう見ることのないと思っていたシロノの校舎に。

夏実は深く頭を下げた。


「ぶあっはははぁっ！　なっつーそれ正気かよ！　なっつーが？　え？　シロノってあの？　あのシロノ!?」

丘の上の異空間を体験したあの日から数日。夏実はクラスメイトにあの日のことを話していた。

もちろん、シロノを目指すことも。夏実の目標に反対する子がほとんどであった。

「それでまた体調悪化したらどうするん？」

「今から受験勉強はさすがにきついと思うよ」

「なっつーの辛そうなところ、もう見たくないよ」

「なっつーはもう頑張ったよ」

反対する、というより「反対してくれる」と表現した方が正しいのだろう。ましてや、親には賛成の「さ」の字もなかった。

「夏実にできないことはない。それだけは言える。だけどね、もしシロノに受かっても入ってからが大変になると思う。生きてくれるだけでいい。夏実には安定した道を歩いていってほしい」

愛のある反対であることは、十二分に分かっていた。でもだからこそ、夏実はシロノを目指したかった。

シロノに受かって、今まで沢山支えてくれてありがとう、もう私のことは心配しなくていいよってみんなに言いたい
シロノに行くことはみんなへの恩返しになる
ひかるを笑わせる
シロノを目指すことはただの思いつきではなかった。
しかし、夏実は甘くはない現実に反対を押し切れずにもいた。

一年の評定は良くても、二年で極端に悪くなったし、遅刻、欠席も多いし……
それにもう十月になるってのに、今から勉強始めてもね……
中二の教科書今見ても理解が追いついてないところばっかだしな……
でも、どうしてもシロノには行きたい
行かなきゃいけない

夏実の頭の中は同じところを何度も行き来する、まさに「右往左往」の状態であった。誰か、背中を押してくれる人はいないものかと、脳をフル稼働させ数多の人間の顔を思い浮かべる。

あ……

心当たりのある存在を一人見つけたようだ。

「やっほーテル先生！」
「おーナツー」
夏実が訪れたのは、中二から通っている学習塾「マナブ」であった。

「マナブ」は先生と生徒との距離が近く、とてもアットホームな塾である。「受験に勝つ」というよりも、「楽しく勉強しよう」というのをモットーにしている。ちなみに二階建てだが、二階にはキッチンや冷蔵庫が備えつけられていて、造りまでがアットホームを体現している塾なのだ。

そして、テル先生とは「マナブ」の講師であり、名は米倉久曜《よねくらひさてる》。アラサー塾講師。人生経験が豊富で前職は芸能マネージャー。人を見る能力がずば抜けている。生徒を愛し、生徒に愛され、周りからの信頼の大きさは並大抵のものではない。保護者からの信頼も、である。夏実は「第二の父」と慕うほど信頼を寄せている。また、テル先生はどんなに小さな可能性でも、決して「無理」や「できない」という言葉は発さず、とことん生徒に挑戦させるのだ。テル先生を一言で表すなら、「人柄グランプリ王者」といったところだろう。テル先生は本当にこちらに怪しさを感じさせるほど異様に「いい奴」なのである。

例えば、定期テストが迫ったある日のこと。

塾の生徒たちは今一つ勉強に身が入らなかった。

そこでテル先生が今にも寝そうな生徒たちの前に出てきて、いきなりこう言った。

「みんな聞いて！　ここで先生からある提案をします」

生徒は、提案？　なに？　というような具合で口を丸く開けている。テル先生はそんな生徒たちを見回しながらこう続けた。

「今度の定期テストで、みんなの点数の合計分のお金を世界の子供たちに寄付します！　みんなの合計が五百点だった場合、五百円の寄付。じゃあ、みんなの合計が十万点だったら？」

テル先生がニコニコしながら、生徒たちに問いかける。

「十万円……」

どこからか声が上がった。

「そう！　十万円！　みんなが頑張った分だけ世界の子供たちを救えるんです。みんながテストでいい点を取れるように先生も頑張ってみんなに教える！　だから、一緒に子供たちを救ってみない？」

寄付金はもちろんテル先生のポケットマネーであった。後日、塾には送られてきた賞状と感謝状が飾られ、生徒はそれを見ながら勉強するのであった。


こんな風に、とにかく「いい奴」なのだ。

闘病生活で勉強が遅れていて、集団コースについていけない夏実一人のために、授業の合間や授業終わりにマンツーマンで教えてくれていた。

テル先生と夏実の仲の良さ。それは、周りから「友達かっ！」とツッコミが入るほどであった。

入塾当初、病気による全身の倦怠感で十分もペンを持つことができなかった夏実。そんな夏実に対して、テル先生は、

「ナツ、ゆっくりでいいよ」

と言い続け、決して夏実に勉強を強要したりはしなかった。それは、夏実が、今やるべきだと分かった時に、ものすごい集中力を発揮できる子であると見抜いていたからだ。とはいえ、テル先生

のその言葉が逆に効きすぎて、夏実は全く勉強しなくなった、というのもあるのだが。

生徒のどんな性格もどんな考え方も受け入れてくれるテル先生。

世界中の大人がみんなテル先生になればいいのに、と夏実は本気で神に願ったこともあった。夏実の目に映るテル先生は「塾の講師」というより「一番信頼できる大人の人」の印象が強いようだ。

そんな夏実がさきほどからずっとテル先生の机の前に立っている。笑顔がだんだん消え、真剣な表情に変わる。テル先生は、椅子に座ったまま、夏実の顔をじっと見る。夏実が少し緊張しているのがテル先生には分かっているようだ。しばらく二人の間に沈黙が流れ、夏実はついに、意を決したように口を開いた。

「ねえ、テル先生。私、シロノに行きたい」

夏実は、「マナブ」の教室に堂々と声を響かせた。

いつもはテル先生とふざけ合い、顔が張り裂けそうになるぐらい大笑いする夏実。夏実の顔には、今日は一切笑いがない。

夏実のこんな真剣な表情を、テル先生は、今までに見たことがあっただろうか。テル先生もそれに応えるように真っ直ぐに夏実の目を見続ける。

「今まで沢山のことを諦めてきた。やりたいことは全部『病気だから』って言われて、制限されてきた。だけどこれだけは諦めたくない。病気に進路まで奪われたくない。テル先生も、今まで勉強せんかった奴が？　急に？　って思うやろ？　親にも友達にも学校の先生にも反対された。だけど、やっぱり私シロノに行きたい。私には、もうシロノしか見えてない」

夏実の声がだんだん小さくなると同時に夏実の目とテル先生の目が合わなくなっていく。それでも、テル先生は夏実の顔から目を背けようとはしない。テル先生は、言葉が喉に詰まっているのだろう。何か言おうとして口を開き、やっぱりやめよう、という具合で口を閉じる。口がパクパクと動き続けている。

二人の間に、再び沈黙がやってくる。すると、テル先生はその空気を消していくように口を開いた。

「うん、ナツならできるよ」

夏実の目が徐々にテル先生の顔に向けられる。

「ほんと？」

「本当。他のみんなが『無理』って言っても俺はナツの可能性を信じるし、一緒に死ぬ気でやれば挑戦したことがナツの力になる」

テル先生は笑顔でそう答えた。

テル先生は「いい奴」なのだ。テル先生の右目には「自」、左目には「信」の文字がくっきりと映っていた。夏実は、受験するのはテル先生の方なのだろうか、と少し疑ってしまった。

「あ、ちょっとストップ」

と、いきなりテル先生は夏実との会話を中断し、近くを通り過ぎた女子生徒を呼び止めた。

女子生徒の名は佐藤《さとう》あすか。

通称あす――

夏実と同じ中学に通う、同い年の中三である。成績は学校でトップ、塾内でも常にトップに君臨している。

また、吹奏楽部に所属しており、アンサンブルの大会では福岡県一位を獲るほどの腕前を持つ。

そしてとてつもなくノリが良くおしゃべりなのが彼女の魅力である。

学校では「西山夏実大好き人間」と称えられ、中一の時から常に、夏実のことを放っておけず、面倒見係のような存在として夏実と仲良くしていた。夏実もあすのそばで、気を使わなくて良い楽さ故の安心感を覚えていた。「マナブ」に入ると決めたのも、あすの隣なら安心して勉強できる、と考えたからである。夏実とテル先生が出会うことができたのはあすのおかげ、と言っても過言ではない。

そしてもちろん、成績優秀な彼女の志望校はシロノであった。

テル先生がいきなり、あすに話しかける。

「ナツがシロノ行くんだって！」

嬉しそうに夏実の志望校を報告した。

「え……？　なっつーが？」

あすが手で口をおさえ、目を出目金のように開いて驚き、体を一瞬硬直させた。

やっぱり、あすも反対するよね

夏実はあすの表情から感じ取った。しかし、あすの口から出たのは、

「嬉しい」

この一言だった。

あすは顔に笑みを溢れさせて、飛び跳ねて喜んでいる。

「めっちゃ嬉しい！　なっつーとおんなじ学校行ける。なっつー、私のこと好きすぎやん！」

「あんただろ！」

夏実とテル先生が口を揃えてツッコむ。

そして三人は顔を見合わせて笑った。夏実もさっきの心配そうな顔からいつもの弾けるような笑顔に戻った。

しかし、夏実には一つ難題があった。それは、親への説得である。

「先生？　でも、親にまだ反対されそう」

夏実の顔からすーっと笑顔が消え、今度は引きつったような顔に変わる。

「大丈夫。ナツのお母さんには俺からお願いするけん」

テル先生の顔は真剣そのものだった。

この日から、「ナツならできる」をテル先生は呪文のように唱え始めた。

もうあたりは完全に暗くなってしまって、寂しいくらいに人通りが少ない。息を吸う音まで聞こえそうな程の夜の静けさ。塾からの帰り道、夏実はあすと肩を並べて、ゆっくりと歩いていた。

「なっつーとシロノかあ。想像しただけでニヤけてしまう」

あすはまだ夏実の決意を聞いたときの喜びにしみじみと浸っている。

「あす、ありがとう」

夏実は、あすの顔を見ずに前だけを向いてそう言った。

「なんのこと？　ありがとうはこっちの言葉やし」

あすも、ただ前だけを見つめている。

「あすがいるから、あすが『マナブ』にいるから、私やってみるって決めることができた」

夏実は足を止め、空を見上げた。その隣で、あすは夏実に肩を寄せ、少しはにかんでいた。

「ゴールまで一緒に頑張ろう」

あすは言った。

それは、二人の前にスタートラインが引かれた瞬間だった。

二人はまたゆっくりと歩きだした。肩を寄せ合いながら。

二人の頭上に広がる空には、数えきれない数の星がちりばめられていた。二人は、水族館の巨大水槽の前で、魚たちを見るように宙を見上げていた。

「ナツは大丈夫です。挑戦させてください」

数日後、テル先生は、夏実の両親に頭を下げていた。

夏実は「マナブ」の教室の外で、テル先生と両親の会話を聞いていた。

「いや、大丈夫って……」

両親は苦渋の色を浮かべていた。それもそのはずである。確かに、夏実の病気は良くなりつつある。しかし、過酷すぎる受験勉強に挑むということは、病気が寛解していたのが振り出しに戻るというリスクを伴うのである。涼子も受験勉強を応援するとは言ったものの、シロノの受験となると話が違うようだ。

「お願いします。ナツと私にどうか挑戦権をくださいませんか?」

それでも、テル先生は信念を曲げなかった。

両親もなかなか首を縦には振らない。

「テル先生のような素敵な先生に出会えたことは嬉しい限りです。しかし、私たちはどうしても、夏実の体が心配で」

涼子は、少し気まずそうな表情をする。テル先生も、言葉が見つからないようだ。体が硬直しかけている。それでも、なんとか言葉を絞り出す。

「こんなに滅茶苦茶なことを頼むなんて、私もどうかしています。だけど、ナツの可能性を信じているんです。私がナツを放り出すことは絶対にありません」

テル先生ははっきりと言葉にしていく。それから、

「ナツなら大丈夫です」

と最後に付け足した。

テル先生は、もう必死だ。目は大きく開き、背筋がピンと伸びている。

何を言われても食い下がるつもりでいるのだろう。

「先生が大丈夫とおっしゃっても……」

涼子は少々苦笑いを浮かべながら、小さな声で言う。涼子の優しさが言い方に表れている。

「挑戦させてあげたいんです」

テル先生は頭を下げ続ける。

「はあ、挑戦ですか……。あの子はもう十分挑戦したと思うんですが……」

「それでもっ……」

テル先生は、なんとしてでも夏実に挑戦させたいようだ。テル先生の頭が、今にも両親に突き刺さりそうだ。両親は、テル先生の勢いに圧倒されている。

今度は、両親が言葉を失っている。そして、一瞬時間が止まったかのように、しんとした空気が流れた。

「……夏実が無理しない程度でお願いします」

そう言ったのは父慎司だった。

それでもまだ、納得しきれていないようだ。涼子も無言で、頭を下げるだけだった。

テル先生の口元はまだ、緩んではいなかった。彼は、重い責任と強い決意を嚙みしめているのだろう。

夏実は教室の外で、安心したようにふうっと息を吐いた。

テル先生の背中を一生追いかけよう

夏実はそんな思いを全身にかけめぐらせていた。

こうして、夏実の偏差値四十六からの下剋上受験が始まった。


二〇一八年十一月。

本格的に夏実の受験勉強がスタートした。受験科目は国語・数学・理科・社会・英語の五科目。夏実は、シロノやその他のトップ校を志望校とする生徒の集団クラスに入れられた。しかし、夏実は中二の闘病生活で遅れていた内容がさっぱり頭に入っておらず、塾での授業はほとんど理解できなかった。そこで、夏実はある一大決心をした。

「テル先生、私、冬休みは塾に来るのやめる」

「え、ナツ、どういうこと」

テル先生は、口がぽかんと開いている。

「家で勉強する」

夏実ははっきりと宣言した。そして、テル先生のぽかんと開いた口元を少々気にしつつも、ゆっくりと説明を始めた。

「私、塾の授業全く分からん。それに、まだ病気治ってないやん？　体調が良い日もあれば、悪い日もある。塾で、急に体調崩してしまうかもしれん。塾のみんなにもテル先生にも迷惑はかけたくない。だから、家で自分のやるべき勉強をしたい」

テル先生は、話し終わった夏実を数秒間無言で見つめた。そして、全てを理解した、と言わんばかりに一度大きく頷いてこう言った。

「そうか、ナツが考えて決めたならそうしよう」

すると、次の瞬間テル先生は、奥の事務室の中に消えて行ってしまった。


数時間後。

テル先生が、笑顔で自習室にいた夏実のもとへ再び戻ってきた。手に何か薄い正方形の物体を手にしている。

「ナツ、できたよ〜。これ、英語のリスニングのＣＤ。まごころ込めて作ったからね」

そう言って、テル先生は笑いながら夏実に自作のリスニングＣＤを渡した。そしてまた、事務室の中へ消えてしまった。

「テル先生、ありがとう！」

夏実が事務室に向かって呼び掛けた。中から、ほーい、という穏やかな声が上がる。するとテル

先生はまた何かごそごそし始めた。すると、今度は、

「はい、これ」

テル先生は一枚のA４サイズの写真を夏実に差し出す。

「ぶあっはははぁ！　なにこれ、まじやばいって！　超ウケる！」

夏実は写真を見た瞬間に吹き出し、涙を拭いながら大笑いし始めた。床にひざまずき、右手を大きく振り上げて何度も「マナブ」の床を叩く。まさにプロレスの試合でレフェリーが10カウント取っているかのようだ。

夏実は「マナブ」をプロレスのリングとでも思っているのだろうか。

「おもしろいでしょ、これ」

テル先生はそう言いながら一緒になって笑う。

「やば！　テル先生のアフロ時代とかちょっと見たくないわー。ほんと笑い止まらん。やめて。ま、持って帰るけど」

テル先生が渡したのは、昔、自分がアフロヘアをしていた頃の写真であった。

「ナツ、家の机の前にこれを張ってね。目の前に俺はいっつもいるからね。ナツが勉強してる時も、居眠りしてる時も、俺は見てる。アフロの俺がね。これでナツはムテキだね」

いつも真顔で冗談を言うテル先生。真剣なのか、ウケを狙っているのか分からないのが、かえっておもしろい。しかし、そんなテル先生の性格が夏実の下剋上受験の支えとなった。

冬休み。

夏実はこの冬休みに賭けた。

基礎ができていなかった夏実はまず、偏差値を平均まで上げることを目標とした。

国語はとにかくひたすら過去問を解き続け、数学は簡単な大問[一]の計算問題で確実に満点を取れるようにやり込んだ。英語は毎日必ずテル先生自作のリスニングCDを聞いた。

そして、理科と社会。

「よし、教科書作るか」

そう言って、夏実がはじめに出したのは、真っ白なノート。

まず、ノートの端にその日勉強する単元から連想されるワードを書き出した。

例えば、理科の植物分野。

「被子植物、単子葉類、ホウセンカ、根、茎、葉、葉緑体、核、染色体……もう無理！」

自分が出し尽くした、と思うまでとにかく出す。そこで初めて自分の分からないところを知るのである。

それから、普段の授業で使っている教科書を開いて自分が先ほど出せなかったワードを見つけ、それを説明とともにノートにまとめていく。そうすることで、本当に自分が分からない内容だけが載った自分専用の教科書が出来上がる。この方法は受験までの日数が非常に少ない夏実にとってとても効率的であった。

また、歴史の教科書を作るときもこの方法を使ったのだが、それに加えて編み出したのが、

『ストーリー作戦』

これは、歴史上の人物が行ったことをストーリー仕立てにし、頭の中で映像化して覚える、というものであった。

例えば夏実の作った織田信長のページは次のような感じであった。

「織田信長」桶狭間の戦い
今川義元に勝った！
←
そのまま京都へ
室町幕府倒して足利義昭さん追い出す
←
政権ゲット！　やったぜ！
全国統一を目指して、鉄砲、楽市楽座、安土城……
←
明智光秀に裏切られて自害、ぴえん

この方法は、普段から映画やドラマを見ることが好きな夏実にとって、とても効果的であった。

とにかく、夏実にとって残り少ない時間との勝負であったのだ。一分一秒も無駄にはできなかった。

また、冬休み中にテル先生がしてくれたサポートは、あのアフロ写真だけではなかった。

ピーンポーンー

「ナツ！　勉強は順調？」

夏実が玄関の扉を開けると、なんとそこにはテル先生の姿があった。夏実が驚いて固まっているうちに、テル先生は、夏実に大量のプリントを渡して、そのまま帰っていく。

テル先生に火をつけられたように、夏実はさらに猛勉強した。家では一人でも、テル先生は常に夏実のそばにいた。

「ナツ！　よく頑張ったね！　平均点まで上がったよ！」

冬休みが終わりに近づいた頃、夏実は、ようやく平均点まで獲れるようになったのだ。

夏実の冬休みの勉強は功を奏したようだ。

しかし、夏実が受けるのはあのシロノ、である。平均的な点数では、シロノの門をくぐれるはずがないのだ。

＊

深夜二時の「マナブ」の事務室。テル先生がしかめっ面をパソコンの画面に向け始めて、かれこれ三時間が経とうとしている。

「短期間で偏差値を上げるには」

「効率の良い勉強方法」

「受験生　食事」

「受験生　悩み」

「偏差値　上げたい」

検索履歴が次々に積み上げられていく。深夜二時のテル先生はついに願望を検索するまでになっている。

「んー。どうすればいいんだ!?　あとちょっとなんだよなー」

テル先生はマウスを片手に頭を振ったりかきむしったりしている。

フウゥー
深いため息をつき、いきなりパソコンをばんっ、と閉じた。そして、三秒間目を閉じた後に、これから勝負に臨むかのように首を回してゴキゴキと鳴らし、目を見開いた。
「ここまで来たら、アレをやるしかないのかもなあ」

第六章

地獄の48日間

――此レヨリ、「地獄の48日間」ヲ始メルコトトスル――


一月下旬。

木々が落としていった葉をかき集めたかのように、人々は衣を幾重にも重ねている。

そして、ここ「マナブ」にもトップ校を志す者たちがかき集められた。かき集めたのは言うまでもなく、テル先生だ。

「みんなと一緒に『マナブ』を卒業することになりました」

テル先生が真剣な表情で、堂々と発した突然の言葉に、生徒の肩が上がる。

「みんなの受験が終わると同時に、俺もここを去ってまた新しい道に進もうと思う。みんなが新しい道を歩むなら、俺も新しい道を歩まないとだよね」

テル先生が生徒の顔を一瞥し、今度は声のトーンを少し落として、こう続けた。

「入試まで残り四十八日。みんなでこれ以上できんってとこまで頑張ってみませんか。俺とみんなで」

テル先生は前のホワイトボードに黒のペンで「48日」と大きく書き、みんなに見せる。しかし、その文字をテル先生はすぐに消した。それから、赤ペンに持ち替えて、再びホワイトボードの方に向き直った。

「受験までの四十八日間毎日することを書きます。まず一つ、『15時間勉強』。

そして二つ目、

『テレビ、スマホを一切見ない。勉強以外の時間も常に勉強のことを考える』。

これだけです」

テル先生は生徒の方に不気味な笑顔を向けている。

「テル先生……まじ？」

「そんなん無理無理無理」

「一日、十五時間？　は？」

生徒からは、質問やブーイングが飛び交う。

「十五時間を四十八日も？」

15×48は――と夏実は机に筆算を書き始めている。途中で恐ろしい数字になることに気づき、急いで筆算を消す。

「ごめんね！　『これだけです』って言ったのは違うね！」

テル先生は生徒を怒らせたことに急に焦りを隠しきれなくなる。しかしすぐに平静を取り戻して、落ち着いた口調で話し始めた。

「これからの四十八日間は相当きついものになる。だけど、この『48日間』を達成できたら、みんなは大きく変わる。一生の強みになる。俺はこの四十八日間みんなに尽くそうと思う。今まで以上に。俺、頑張るけん。頑張るけんさ、みんなも卒業まで一緒に頑張ってくれんかな？」

それが、テル先生の塾講師としての最後の提案であった。

さっきまでの野次は一切聞こえなくなり、テル先生の声が教室に余韻を残している。

テル先生を見ている夏実は神様を見たのか、と聞きたくなるほど希望に満ちた顔をしていた。そして隣に座っているあすも、あっけにとられたように口を開け、目を輝かせている。他の生徒もテル先生の言葉に完全に聞き入っている。

何秒か前のテル先生への反抗は何だったのかと疑ってしまうほどだ。

「お、みんなやってくれる？」

テル先生のニコリとした顔にみんなはゆっくりと頷いた。

「マナブ」の教室には温かい空気が流れ始めた。

こうして、テル先生の「48日間」が始まった。

いや、夏実に関しては「地獄の」、と付け加え、「地獄の48日間」としておこう。

「地獄の48日間」初日。

「なにこれ……。テル先生、頑張ったね」

夏実は「マナブ」の教室に入るとすぐに体をこわばらせた。隣に立っているあすは、顔全体で

「え？」を表現している。

後から入ってきた女子二人、近藤《こんどう》と花田《はなだ》もあっけにとられている。二人もともに進学校を目指す仲間として、これからの四十八日間を一緒に過ごす。

「すごいでしょ！」

テル先生は、四人に向かって誇らしげな顔をする。四人が目にしたのは、いつもの「マナブ」の教室ではなかった。

教室内には、パーテーションで囲った四人分のスペースが、作られている。スペースの中は、長机が二つといくつものホワイトボードが設置されており、壁の至るところには、

『「辛い」という字がある。もう少しで「幸せ」になれそうな字である』

『一度諦めると、それは一生の習慣となる』

などの、誰が言ったのかも分からない沢山の名言が書かれた紙たちが張られている。

それに加えて「home, favorite, beautiful, child,……」などの一二〇〇にも及ぶ中学の英単語、さらに、

「奥羽山脈、木曽川、カルデラ」などと書き込まれた日本地図がある。そして
「え!?　これ国名全然見えんくない？」

「コロンブス、バスコ・ダ・ガマ、マゼラン」と、国名が見えなくなるくらいに盛り沢山に書き込まれた世界地図まで見える。それから、肖像画の入った歴史の年表も、綺麗にしわを伸ばして張られている。

壁の空いたところには、間違えた漢字や単語などを付箋に書いて、いくらでも張り付けることができるようになっている。

「お、テル先生分かってるね」

そう言って、あすが手に取ったのは綺麗に折りたたまれた毛布であった。テル先生は、毛布まで用意し、足が冷えやすい女子たちの悩みにも対応してくれていたのだ。

また、「マナブ」の隣にはコンビニがあるため、お腹が空けばいつでもご飯を買って食事を済ませられる。

こうして、テル先生の「48日間」という呪いによって、「マナブ」は完全に48日間のためだけの、勉強集中スペースとなったのだ。

「あっははは！　テル先生またこれ⁉」

当然の如く、正面にはテル先生のアフロ期の写真も張られている。テル先生のアフロ姿は、笑いたくない時でも、つい笑ってしまう。ある意味、彼はエンターテイナーである。

このようにテル先生は、完全なる学習環境を整えるところから始めたのであった。

そして、夏実は自分の部屋の改造にまで着手した。

「お母さん！　今から『マナブ』再現するけん手伝って！」

夏実は、「マナブ」の勉強集中スペースの雰囲気を家でも作り出すため、机を壁と本棚で囲って完全再現した。

「これ、捨てていい？」

父慎司が一枚の紙をもってトイレから出てきた。

「お父さんだめ！　それ、外さんで！　次外したら知らんよ」

夏実が少々腹をたてながら慎司の手から奪い取ったのは、名言が書かれた紙であった。夏実は家中のありとあらゆる壁に名言や単語、歴史の年表を張った。洗面所には、「マナブ」同様、ぎっしりと書き込まれた宣伝ポスターサイズの大きな日本地図・世界地図を張った。こうして、家でも勉強に拘束される空間を作り出したのだ。家中の壁が夏実の手によって呪いがかけられたようになり、家族は壁を見るのをためらいながら生活するようになった。


お父さん、お母さん、今だけだから——

夏実は家族に申し訳ない気持ちになりながらも、様変わりした家を見て満足していた。


「今日から、四十八日間みんな頑張ろうね！」

夏実は楽しそうに、他の三人とテル先生に向かって言う。みんなも、うん！　と笑顔で頷いた。

しかし夏実はまだこの時、自分だけが「地獄の48日間」となることを実感していない。夏実の「48日間」が、「地獄の48日間」であることを、徐々に実感するのだった。

夏実は、勉強を始める前に一日十五時間をどのように使うかを考えていた。

「休日は普通に十五時間、まるまる勉強に使えるね」

夏実は、「マナブ」の教室の壁にかかった時計を見ながら考えている。

「学校がある日は、授業が六時間あるから……あ」

「どうしたん？」

あすが、夏実の顔を覗《のぞ》き込んで言う。

「授業で六時間、それとは別に受験勉強で十五時間はやばくない？」

夏実は時計を見ながら、困った顔をする。あすは、ニヤニヤしながら、夏実を見ている。

「授業中も勉強すればいいやん！」

あすは、けろっと笑いながら言った。

「あ、そうやね」

夏実はあすの提案を、案外あっさりと受け入れた。ただでさえ、追いついていない授業を真面目に聞いたところで、貴重な勉強時間を削ることになる。そう考えたのだ。しかし、もう一つ、別の問題が夏実の頭に浮かんだ。

「『マナブ』って夜の十時に閉まるよね。夕方の四時から塾で九時間勉強し始めたら、塾閉まってしまうね」

夏実は、一緒に受験を乗り切る仲間と切磋《せっさ》琢磨《たくま》しながら勉強したい、そう思っているようだ。

「大丈夫。夜の十二時まで俺が開けとく。塾長にお願いしたけん、安心して」

優しい声でそう言いだしたのは、テル先生であった。テル先生が、生徒の四十八日間が終了するまで勉強の面倒を一人で見るというのだ。後で聞いた話ではテル先生は、

「一人で見る間は無給でいいので」

と言ってまで、塾長に頼み込んでいたそうだ。テル先生の生徒を思う心は、誰にも負けない。

「テル先生、ありがとう。じゃあ、後の一時間は朝、家で勉強すればいいね」

夏実の一日十五時間勉強計画がなんとか出来上がった。

朝、起きてすぐに一時間勉強した後、

「行ってきます」

と家を出て、単語を覚えながら学校に向かう。

「おはよう！」

教室に着いた瞬間、机に塾のプリントを広げ、解き始める。もちろん授業中も、である。

六時間の授業を終えると、そのまま塾に直行。学校から塾に移動するときももちろん、手には単語帳をもったままだ。

「テル先生、ただいまー！」

それを合図に、夏実は塾に着くと十二時までこもって勉強する。休憩は、夜の三十分のご飯休憩のみである。

この十五時間勉強を、夏実はこれから四十八日間毎日続けるというのだ。

「四十八日間じゃ絶対間に合わん！」

「うん、そうやね。このままじゃ、だね」

夏実はとにかく、焦っているのだ。

「シロノに受かるには、五科目であと90点は上げないとだね」

入試は一科目60点満点で五科目３００点満点。シロノに受かるボーダーラインは、およそ２４０点とされているが、夏実は今のところ模試では１６０点前後である。

「ボーダーの点数取るだけじゃいかんと？」

「そうやねえ。ナツは二年の頃の内申がちょっと低いね。それに欠席と遅刻の日数が多いやろ？」

「……うん」

夏実は、小さな声で言う。

「てことは、点数がボーダーぎりぎりで他にもナツと同じくらいの点数の人がおったとしたら？」

「ん？ おったとしたら？」

夏実は、まだ分かっていないようだ。

「今度は……」

「あ！ 内申を見られる！」

夏実はピンと来たようだ。

「そう、だからボーダーギリギリを狙っても受かる確率は低いよってこと」

つまり、夏実は入試でボーダーよりもはるか上の点数を取る必要があるのだ。

「えーもう、もっと焦るやん……」

「だから、この四十八日間を先生は設けたんよ。普通に勉強するだけじゃ時間が足りんけんね」

シロノのハードルの高さを、夏実は改めて思い知る。

「ナツ、社会と理科は満点狙おうか」

「え？　マンテン？」

夏実は、テル先生を見ながら首をかしげる。

「暗記で勝負するよ」

「おー」

「いや、『おー』やないけどね！」

テル先生は、夏実に暗記科目で勝負させようとしているのだ。福岡県の入試の理科と社会は、基礎問題を中心に出題されるため、点数が比較的取りやすい。理科と社会で高得点を狙って、他の科目の穴を埋めようというのがテル先生の作戦である。

「はい、これ全問正解するまで解いてきて」

そう言って、夏実に渡されたのは福岡県の理科と社会の過去問六年分と、色んな会社が出版している問題集であった。

「おっけ！」

夏実は早速取り掛かった。使用したのはA４サイズのノート。「なんでもノート」と呼び、問題を解いたり、計算したりするためだけに使った。ページの端から書き始めた。脳が記憶しやすいと言われる青色のペンを使って、書き殴っていった。

「なっつー？　大丈夫？」

「…………」

一度ペンを握ると、夏実はものすごい集中力を発揮する。周りの音が一切聞こえなくなったように、完全に夏実は一人の世界に入り込むのだった。そのため、夏実の方から聞こえるのはいつも、ザッザザッザザッ、とペンを走らせる音だけで、それも途切れることのないリズムを刻むような音であった。

夏実が勉強をする間は、まるで夏実ではない他の誰かが乗り移っているようだった。

「うわ！　手が！　汚くなった！」

夏実のペンを握る手の力はものすごく強い。そのため夏実の拳はいつも青か黒で汚れていた。

あいつを見返してやる。「あいつ」というのは、闘病中の夏実に、「なんで提出物は出さんと？」と追い詰め、

「頑張りなさい」

と最後に冷淡に言い放ったあの女教師であった。

夏実は、睡魔に襲われそうになった時、毎回その女教師の顔を思い浮かべるのであった。とにか

く、見返してやりたかったのだ。女教師を思い浮かべた瞬間、夏実の目は飛び出るほど開き、集中力が再び回復するのであった。
常に何かに追われているように、ペンを走らせた。焦るように、急ぐように。
タイムリミットは刻一刻と迫ってきているのだから。

急げ、急げ
解かんと！

ザッザッザッザ……

まだまだ、

ザッザッザッザ……

あとちょっと、

あとちょっと、

…………


「よっしゃ！　終わった！」

夏実の集中力の高さは、ノートの消費の仕方に表れていた。夏実が使っていたA４の「なんでもノート」は、気が付いたときには四日で一冊のペースでなくなっていた。

「お！　あー惜しかったねえ。犬養毅の『毅』間違えてる」

「うわー、まじか」

「はい、『毅』覚えるまで書いて」

夏実の答え合わせは、毎回テル先生が行った。夏実の「なんでもノート」に、ぎゅうぎゅうに詰めて書かれた小さな文字を、テル先生は見落とすことなくしっかりと見て採点するのであった。一つでも間違いを見つけるとすぐに指摘し、夏実が完璧に覚えるまでとにかく問題を解かせた。

「終わった！」

「お？　早いなあ。ちょっと、今から高速で丸付けするけん、その間単語か漢字かなんか覚えとって！」

「はーい」

どんな隙間時間でも無駄にはしなかった。いや、隙間時間ができると夏実は大喜びであった。

よっしゃ！　勉強できるやん！

なに勉強しよ!?
理科の問題もう一回解くかなあ……
夏実は勉強ができる喜びを、隙間時間ができる度に嚙みしめるのであった。学校が臨時で休校になったと聞いたときは、もう踊り出すレベルに喜んだ。
一日中勉強できるぜ!
ふぉーーーーーーー
つしゃああああああああーーーー
夏実は勉強ができる喜びにさらに磨きをかけていくのであった。
しんと静まり返った教室。みんな、無言で必死に問題を解き続ける。
喋りたい
夏実は、やがて勉強中の無言を苦痛に感じるようになった。いつもは楽しく喋っているのに、みんなが勉強しだすと急に言葉を発しなくなる。そんな状況に、夏実は耐えられなくなっていた。そんな中、唯一会話のチャンスが残されている時間があった。それは、誰もがペンを箸に持ち替える時間——

「大化の改新何年⁉」

「六五四年！」

「惜しい！　虫殺しよ！　六四五！」

「えーまじかー。てか、この鮭おにぎりおいしい！」

そう、夜のたった三十分間のご飯休憩である。

ご飯を食べる時でさえも、勉強からは逃れられなかった。

四人は、お互いにとにかく問題を出し合った。特に夏実、あす、近藤は、この時間になると口がマシンガンと化すのであった。

「え、うちら毎日コンビニ飯やね」

「そろそろ、隣のコンビニのご飯制覇できるわ」

「私、おにぎりの配置覚えたよ」

「やばすぎ」

テレビを見ることも禁止された生活の中で、三人はとにかく、おしゃべりを楽しみにして生きていた。そしてそんなうるさい三人を、花田はあたたかく見守るのであった。いつの間にか夏実の中で、おしゃべりの概念が変わっていたのだ。

「おしゃべりってこんなに楽しいんだ」と。

夏実はこの時間がやってくる度に会話できることの喜びを嚙みしめるようになっていた。

「ナツ、全問正解してるよ！」

「え！　やったあ。テル先生からもらった問題集全部終わったよ！　他になんかないと？」

夏実は、もう自分から問題を欲するまでになっていた。

「うーんとね、じゃあこれ。北海道。行ってらっしゃい」

そう言ってテル先生は、今度は福岡県以外の入試問題を夏実に差し出すのであった。

「行ってきます」

夏実は、言われた通りに問題を解き進め、福岡県以外の問題まで完璧にしたのであった。

「ナツ！　もう、社会と理科は完璧やね！　何解いてももう大丈夫やろ！　いい調子やん！」

「うん、そんな気がする。最初は問題の意味も分からんかったのに、最近ざっくり見ただけでね、どんな問題聞かれるか、大体予想つくもん！」

四十八日間のうちの十日がすでに過ぎようとしている。夏実は、この十日のうちに、社会と理科の点数が驚くほど、ぐんと伸びたのだ。

「明日模試やけん、頑張ろうね！」

「うん！」

夏実には、四十八日間中の一回目の模試が迫っていた。

福岡県の入試は、午前九時四十分から一時間目の国語が開始される。模試も、本番と同様に午前九時四十分から一時間目の国語が開始される。

「あ……。九時半か……」

模試当日、夏実が起きた時には、時刻は九時三十分を回っていた。もちろん、今から会場に行ったところで間に合うはずがない。にも拘わらず夏実に焦りという感情が見られない。

「またかよ……」

これが初めてではなかったのだ。夏実は模試の時間に間に合ったことがほとんど無かった。これも病気のせいである。どうしても、模試の日は起きられなくなるのだ。そのため、夏実は今まで「追試」という形で模試を受けてきた。

「ま、いいや。本番起きられればいいし」

夏実はそこまで気にしていなかった。それは、模試に間に合ったところで、夏実はシロノに受かるような高得点を取れるレベルにはまだ達していなかったからである。

今回も夏実は追試という形で模試を受けた。

「ナツ！　社会と理科が、50点台まで取れるようになっとる！　努力が点数に現れてきたね」

テル先生は、顔中に笑みを浮かべて言った。

「嬉しい！　もっと頑張れば、もっといい点数取れるよね！」

夏実は両手を上げて、喜びを全身で表現する。

夏実の点数は、平均の１６０点から１９０点台にまで上がった。テル先生の作戦は成功しているようだ。

「こっからもっと上げていかんとね。次は、英語かな」

テル先生は、次は夏実に英語を完璧にさせるようだ。

「museumって何？　むっず」

夏実は、少し長い単語がまだ覚えられていなかったのである。

「ナツ、とりあえず単語覚えようか……」

それでも、テル先生は驚いたりはせず、なんとか夏実に英単語を覚えさせることにした。夏実は冬休み期間に、英文を書いたり、読んだりする特訓をし続けていたため、書く力と読む力は十分についていた。そのため、後は単語力さえ身につければ、入試には何とか間に合うと夏実もテル先生も思ったのである。

「単語はとにかく書くしかないね」

「うん……」

夏実は、もう覚悟を決めているようだ。

「テル先生、頑張ってくる」

「うん、できるよ」

夏実は、社会と理科に続きA４サイズのノートを用意し、今度は新たな一冊を「単語練習用ノート」として、使い始めた。使い方は、「なんでもノート」と同様だ。無駄なく、隙間なくの要領で、今回も一心不乱に表紙の裏側から単語を書き殴っていった。びっしりと。それはもう夏実のシロノに対する執念であった。夏実の目からは、殺気を感じる。テル先生はそれを見て、顔をこわばらせる。静かな教室に夏実がペンを走らせる音だけが響く。

書ける書ける書ける書ける書ける
まだ書けるまだ書ける
大丈夫、大丈夫

夏実の頭の中には、「書ける」「大丈夫」が念仏のようにひたすら唱えられているのであった。夏実が単語を書く姿に、もう迷いはなかった。

ただ書く。

それだけだ。

他の三人も、必死に書き続ける夏実の姿を見ては、自分を奮い立たせるのであった。


「なっちゃん？　目が……」

そう言ったのは隣に座っていた花田だった。努力家で、周りへの気遣いがよくできる花田。夏実が、単語を書くうちに眠くなって目がうつろになっているのに気づき、思わず声をかけたのであった。

「眠いよ……。無理、やばい」

夏実は、酔っ払っているのかと思うほど目が半開きになっている。夢と現実の狭間に、彼女は今立っているのだろう。花田が、必死に夏実を起こそうと声をかけている。

眠い、眠い、眠い！
だけど、シロノで出会うはずの人に出会えんくなる
未来で出会う人たちのために頑張ろう……

夏実は、シロノで笑っている自分を想像しながら勉強を続けた。

「なっちゃん、あと二行。ここまで頑張ろっか」

花田は、毎日のように夏実にエールを優しく送ってくれた。自分の受験勉強で、周りを気にしている暇がないはずの花田。それでも、隣で頑張る夏実を常に気にかけていた。そんな花田の優しさが、夏実の心に染みる。

「ありがとう……花田。だけどね、やっぱり眠い」

「眠いんかいっ」

そんなやり取りをしながらも、夏実は単語を書き続けた。夏実の手はもう、真っ黒だ。手の疲れなど気にしている暇はない。目に見える焦りと闘っているのだから。

「お母さん！　ノートが無い！」

塾にいる夏実から母に電話をかけることもしょっちゅうであった。

「またあ⁉　家にももうないよ。お母さん、今から買いに行くから、待ってて」

「あ、すいません、あの……お寿司が食べたいです」

「お寿司⁉　もう！　ある分だけ買ってくるわ！」

Ａ４の単語練習用のノートも、四日で一冊のペースで消耗されていった。そして夏実のもとにはしっかり、ノートと寿司が届いたのであった。

そんな中、あすや近藤、花田は数学の難しい図形問題を解いていた。

そうかあ、みんな英単語とかもう覚えとるよね……

私なんか、いまさら？　って感じだよなあ……


夏実はふと、自分のやってきていることに違和感を覚えた。

みんなが三年間やってきたことを、私は四十八日間で終わらせようとしている無謀だよな……


自分が、今どんなに頑張っても、周りには差をつけられていく。けれども、これが現実である。誰にもどうすることもできない問題であるのだ。

「なっつー、どうしたと？」

ぼーっとしている夏実に声をかけたのは、あすだった。

「私さ、相当危ない橋を渡ろうとしてる気がするんよ。自分が頑張れば頑張るほど、先が見えなくなる。不安になる」

夏実は、自信を無くしたように言う。

「そうねえ、不安だよね。でもさ、みんなも、あー見えて不安なんよ。ここにおる人たち、私も、テル先生もみんな不安なんよ？」

あすは笑顔で話す。あすは、いつだって笑顔だ。

「そうなん？」

「そうよ。みんな、心に抱えとる不安を必死に隠しながら頑張っとる。やけんね、みんな一緒とよ。なっつーは周りのことなんか気にせんでいい」

あすの言葉に、夏実はじっと耳を傾けている。

「周りのことが全く見えんくなるくらい、なっつーは自分の勉強のことだけを考えな」

あすは、夏実の頑張りを一番近くで見てきた。夏実の勉強の辛さを分かろうとしてくれていた。ただの「西山夏実大好き人間」ではないのだ。夏実が折れそうになると、あすはすぐに夏実のもとにかけ寄って、よく話を聞いて笑わせた。それも、自然に。いつもと変わらず。そんなあすの存在に夏実は何度も助けられていたのだ。あすに助けてもらううちに夏実は、目標を一つ掲げるようになった。

塾のテストのランキングにあすと一位で並ぶ

あすという存在が夏実の目標であり、励みでもあったのだ。夏実がこんなにも頑張ることができるのは、あすの存在が大きいようだ。

それでも、夏実の心はまだ曇り空であった。今にも雨が降りそうになっている。

原因はどうやら誰にも取り除くことができないらしい。その原因とは、

眠れん……

病気である。

夏実の四十八日間中の平均睡眠時間は、約三時間であった。夏実はまだ、病気が完治したわけではなかったのだ。

夜の十二時まで勉強した後に、どの時間に布団に入っても、眠りにつくのは明け方四時頃であった。勉強中どんなに眠くてもいざ布団に入ると、あんなに眠たかったのが嘘のように、目が冴えてしまう。疲れているのに、眠たいのに、眠れない。

「おはよう」

を言うのは、眠りについてからおよそ三時間後。勉強するためである。血圧があまりにも低いため、体は寝たまま。全身に倦怠感を覚えながら、夏実はペンを持つ。体はふらふら、頭は働かず、

やる気も起きない。

『一日十五時間勉強』

この生活を送るための体力が、夏実には備わっていないのである。

「ちょっと、あんた？　大丈夫……？」

涼子は毎朝、胸が引き裂かれるような思いで、夏実を見つめていた。今にも倒れそうになっている娘に「勉強頑張れ」などと言うことはできなかった。いや、むしろ言いたくなかった。

「夏実？　無理しすぎるのはやめてね。いつ、やめてもいいけんね？」

「……」

夏実は涼子の言葉を聞きながらも、ペンを手離すことは一度もなかった。

今、勉強をやめたらみんなに「ありがとう」って言えんくなるし
夏実は、闘病中に支えてくれた人たちの顔を頭に思い浮かべた。それでも、体がきついのには変わりなかった。

「明日は会場で受けられる最後の模試だね」

テル先生が生徒に話す。ついに、本番のような緊張感でテストを受けられるチャンスがラスト一回というところまで来ている。

「まじかー、明日で志望校変わるかもしれんしなあ」

「怖いー、あの模試の雰囲気ほんとに好かん」

生徒からは、緊張しているような声が続々と上がる。自然と、どんよりとした空気が流れる。

「模試ね……うん。起きれるかな……」

夏実は、緊張など微塵《みじん》もない。というか、諦めている。

「どうせ、起きれんし」

夏実は、吐き捨てるように言った。あすが、夏実をちらりと見る。

「なっ……」

あすは何か、言葉を言いかけてやめた。夏実を励ます言葉が、見つからなかったのだ。それは夏実の机に向かう姿勢を毎日見ているからこそだった。あすには、夏実を元気づけることができないもどかしさが募るばかりだったのだ。


「ほらね、やっぱり起きれんかった」

最後の模試も会場で受けることができなかった。頑張っとるのに、と夏実は深いため息をつく。

今回も、追試という形で模試を受けた。

「ナツ！」

テル先生は笑顔で、夏実を呼んだ。手には、夏実の模試の結果がある。

「英語の点数が前回から、だいぶ上がったよ！　単語の練習、頑張ったもんね！　大丈夫大丈夫！」

テル先生は、まるで自分のことのように喜んでいる。

「ほんと！　嬉しい」

夏実も点数を見て喜んだ。もう、ボーダーに近づいてきている。

「でもさあ、これ……」

夏実の笑顔はそんなに長続きしなかった。

「参考にならんよね」

夏実は会場で受けていないのだ。それも、体が起き始める午後に、受けたものであった。今回の模試の点数が高いのが夏実にとっては余計に腹立たしかった。

こんなに頑張っとるのに、こんなに点数良いのに
本番は入試会場に行けるのかさえ分からない
起立性調節障害のせいで……

病気が治っていれば、こんなに苦しむこともなかった。夏実は、もうどうすればよいか分からなかった。

周りは頑張っている。

夏実だって頑張っている。

周りが努力と引き換えに結果をもらう。

夏実は参考にならない結果だけをもらう。

努力は報われない

努力は裏切る

努力は最低だ

努力は美しいはずではなかったのだろうか。

病気は、夏実の受験勉強にまで、邪魔をしに来ていたのだ。夏実は、冬休みからずっと、入試の開始時間に間に合うように起きる練習までしていたのだ。


「ナツ、起きれたときに一回だけ家で本番と同じ時間にテスト受けてみて」

テル先生は、夏実にそう提案した。

「分かった」

夏実は、九時三十分に起きられた日の午前中、脳が全く動かないままテストを受けた。

「……10点」

国語の点数が、あまりにも低すぎた。脳が全く動かない一時間目の国語の試験中は、本文を読むことさえできなかったのだ。午後に塾で受けた国語の模試は50点台。


「なんで……？」

夏実はテスト用紙に向かって、ひたすら嘆く。

「病気のせいで」

夏実は、もうこの言葉が口癖になっていた。

「ああ、もう！」

夏実は、その瞬間テスト用紙をくしゃくしゃにし、手に持ったまま自分の部屋を飛び出した。

「なんで⁉　病気じゃなかったら、いい点数取れとったのに！」

夏実はリビングでコーヒーを片手にテレビを見ていた両親に、怒りを爆発させた。

「夏実⁉」

涼子は夏実を引きつった顔で見つめる。夏実はテスト用紙を二人に投げつけた。10点の国語のテスト用紙を。

「できん！　こっちは頑張っとるのに！」

夏実は床に座り込み、一人で大声で泣き出した。赤ちゃんが駄々をこねるように。

「頑張ったもんねっ！　そうやねっ！　夏実はよく頑張っとる」

涼子はもう、どうしていいか分からず、ただ必死に夏実を元気づける。床に座り込んで大声で泣く十五歳。それをなんとか慰めようとしている涼子。どうしていいか分からず、ただリビングをうろつく慎司。もう、事態は収拾がつかなくなっている。

「ああ！　悔しい！」

夏実は、怒りが詰まった声をその場にぶちまける。床には、くしゃくしゃにされて丸くなったテスト用紙が、ただ転がっている。日の光が、テスト用紙にちょうど当たり、存在感を余計に演出しているのが分かる。

夏実は、涙を流しながらテスト用紙をじっと見つめていた。

「むかつく……」

夏実は低い声で言った。努力ではどうにもならないのが、本当に許せないのだ。

こんなことになるんだったら、受験勉強なんかせんどけば良かった
みんなの言った通りだった
もうやめよっかな……

夏実は、自分が今何をやっているのかさえ分からなくなるのであった。

「地獄の48日間」28日目の夜。

いつもは時間になるとすぐに帰る夏実が、今日は「マナブ」の外でぼーっと立っている。テル先生が夏実に気づいて、外に出てきた。

夏実は、静かに喋り始めた。

「テル先生、病気ってほんとに憎いね。私がやろうとすること、全部邪魔してくるんだよ？　起きたいのに起きられない、模試受けたいのに、受けられない。成績上げても、朝発揮できない」

「ナツ、頑張ってるのにね」

「うん、だから余計に憎い。本番もそうやって、病気が邪魔しに来るんだよ、きっと。入試の一時間目の国語、間に合わないいんだよ」

「でもさあ、ナツ。ナツが『マナブ』に入ってきたとき十分もペン持ててなかったよね？　だけど、今じゃそれが十五時間。俺は『ナツなら大丈夫』ってずっと言ってきた。俺が大丈夫って言ったらナツは大丈夫」

「テル先生は、なんで『ナツなら大丈夫』って言えると？」

町全体が光を失っていく。

「ナツを信じてるからかな。ナツは頑張っとる、ナツなら大丈夫」

街灯だけは灯り続ける。

テル先生は「いい奴」なのだ。

いや、「いい奴」すぎるのだ。

「地獄の48日間」30日目。

本番が近づくにつれて大きくなっていく焦り。病気のせいで参考にならない点数しか得られない不安。

夏実はもうこのやり場のない辛い気持ちに限界が見え始めていた。

「テル先生、ごめん。一日だけ。行ってきます」

夏実は「マナブ」を抜け出した。静かで暗い冬の夜道。夏実は夢中である場所に向かって走っていた。

心臓を押さえながら。


「着いた……」

夏実が向かったのは小さなライブハウス。

扉を開け、中に入った。薄暗いライブハウスの中は大勢の人たちですし詰め状態になり、夏実の前に立っている人たちが揃って窮屈そうにしている。その大勢の人たちの前には、明るく照らされたステージがある。夏実は一番後ろから、一人でただぼーっと誰もいないステージを見つめている。

すると突然、照明が消え、ライブハウス内は暗闇に包まれた。数秒後、ステージの方からピアノの音とともに歌声が聞こえ始めた。

ステージに五つのスポットライトが当たる。そこに立つのは、マイクを持って堂々と歌う五人の女性。

夏実の体が震えだした。

「いつも聞いてる曲なのに。なんで」

夏実は涙をこぼしたが、自分が泣いている理由が分からなかった。

夏実は全神経を集中させて最後まで聞いた。滝のように流れる涙を何度も何度も拭きながら。

「ふんばれ」

五人から一斉にそう言われているように思えた。歌が終わった後、夏実の頭からなぜか消えなかった歌詞。それが自分に向けられた手紙のように思えた。自分を強くしてくれる言葉。夏実は心の中で、何度も反芻した。

こえるよ　現在を
きこえるよ　未来が
はじける音と
尽きない迷いを抱え
不安が　裂けて
弱音が溢れたって
明日へ　走る鼓動は

溶けやしないさ

私、越えられるかな

十五歳の少女の目には、ステージ上の五人が自分に壁を越えさせてくれる存在として映ったのであった。

夏実は闘病中にもこの五人の歌声に救われていた。

孤独で消えてしまいそうな夜、五人のミュージックビデオを見て、

「私たちはここにいるよ、大丈夫だよ」

そう訴えかけるように歌う姿に何度も救われた。

そして、五人のメンバーの、真ん中で眩しいほどに輝きを放つ人物がいた。

芹奈《せりな》——

夏実はこの「芹奈」という人物にすっかり惚れ込んでしまっていた。芹奈の表現力は並大抵のものではない。涙が止まらず歌えなくなり、ふらふらになりながらも体力が尽きるまでステージで自

分の感情を歌にぶつける芹奈。そんな芹奈の姿に夏実は心がえぐられた。

「芹ちゃんと一緒に仕事する」

エンターテインメントの世界を目指すようになってから、夏実はこの言葉を口にするようになっていた。それは、決して目標や夢なんかではなく、予言であった。

芹奈のエンターテイナーとしての魂に夏実は感動を覚えた。

どの色にも染まらない芹奈の世界観が美しかった。

芹奈と一緒に世界観を作りたい
芹奈と一緒に人の心に訴えかけたい
芹奈が私を呼んでいる
私には見える
芹奈と一緒に世界観を作っている姿が

夏実の中には常に五人が、そして芹奈がいたのだ。

ライブ終了後、夏実は芹奈のもとにサインをもらいに駆け寄った。

「あのね……わたしっ……」

芹奈の前に立った瞬間、目から大量に涙が流れだした。涙が夏実に喋らせないようにしているみたいだった。どうしても、声が喉の奥で詰まってしまう。

「芹ちゃんとねっ……お、お、」

それでも、夏実は言葉にして目の前の芹奈に届けようとする。椅子に座っている芹奈は、夏実の目をじっと見つめる。うんうん、と頷きながら。

「お、おしごとするから……」

自分の言葉を阻むような涙に、少し腹が立つ。その場にいたスタッフが芹奈の前で立ち尽くす夏実を、追い払おうと近づく。

しかし、芹奈はスタッフに向かって首を振る。夏実の手をぎゅっと握りしめながら。芹奈の体温が夏実にじわじわと伝わる。

「べんきょうねっ……がんばっ……てるんだ……」

夏実は、少し落ち着きを取り戻す。芹奈の顔が涙でぼやけたままだ。それでも、芹奈が自分に顔を向けているのが分かる。

「またっ……」

周りの大人たちの、ざわざわとした声は一切夏実には聞こえていない。

皆が自分と芹奈だけを、この空間に取り残してくれている。夏実は勝手に、そんなふうに感じとった。

「うんうん、大丈夫だよ」

芹奈の真っ直ぐな言葉が、心で鐘が鳴るように響く。芹奈は、決して夏実の手を自分から放そうとしない。夏実の言葉を最後まで、聞くつもりなのだ。

「また……あいに……くる……まってて……」

涙でぐちゃぐちゃになった顔を、芹奈に真っ直ぐに向けた。まるで芹奈がステージから、ファンに感情を真っ直ぐぶつけてくれるみたいに。芹奈の、きれいな弧を描くように笑った目、少し上がった口角、偽りのない表情が、芹奈の優しさや人間としての強さを表しているように思えた。

「ほんっとうに、頑張ってるんだね」

芹奈は、ゆったりとした口調になってそう言った。夏実が話したこの数秒間の間に、夏実の感情を全て感じ取ったような口調であった。そして、

「待ってるね」

と、芹奈は最後にそう付け足した。夏実の言葉は、あまり言葉になっていなかった。それでも、芹奈の心にちゃんと届いたのだろう。そう信じた。

芹奈が待ってくれているから

芹奈と約束したから、行かなきゃ

夏実は、自分の手を握ってくれた芹奈の顔を胸の中に閉じ込めた。まるで、宝箱の中にしまっておくかのように。体をふらふらさせながら、ライブハウスを出て空を見上げると、そこには細い三

日月が力強く輝いていた。

夏実はこの日から、芹奈のパワーと共に、再び机に向かってペンを握り続けた。


眠い……

負けそう……

瞼が勝手に……

「ナツ？　大丈夫？」

「先生、一曲分だけ……」

どうしても眠たい時、夏実は五人の曲一曲分の間だけ仮眠をとった。


一度歌詞を聞くだけで、何時間でも頑張れるような気がした。辛いと思う度に、夏実は立ち上がることができたのだ。

だが、夏実の病気は、決して治ったわけではない。

寝れない
でも、寝れないいってことは勉強しろってことなのかもしれない

夏実はその日から、布団に入って自分が眠りにつくまでの間、英語のリスニングCDを流すようになっていた。睡眠が取れないことを夏実は逆手に取ったのである。

「平成二十四年の(一)の(三)の答えは『ケン』！」

夏実は、答えを覚えるまでになった。とにかく、頭に英語を染み込ませたのである。

夏実は憎くてしょうがなかった病気までも、ほんの少しだけ前向きに捉えられるようになったのだ。

「マナブ」の雰囲気もまた、夏実を支えた。

「俺、ちょっとコンビニ行ってくる」

テル先生がある日、そう言って、財布をポケットに突っ込んで出て行った。

「ただいまっ！」

数分後、テル先生はなぜか一人でケタケタ笑いながら戻ってきた。両手にはパンパンで今にも破れそうな大きな袋。

「コンビニのチョコ商品、全部買ってきたよ！」

そう言って、買ってきた大量のチョコを、生徒に渡していった。ストレス軽減効果を期待して。

「ニキビ増えたし！　テル先生ほんとありえんー！」

「マジ最悪。でもおいしい」

「テル先生許さん。でも、チョコうまいわ」

生徒は、それから毎日チョコを食べ続けたが、「48日間」中では結局食べ切れなかった。

次第に、みんなも理性をどっかに置き忘れていくようになった。

夜ご飯を買いに行く途中。

「あさああひぃいの〜♪　のおおおぼおうルう〜♪」

突然隣であすが激しく歌い出し、夏実の耳元で大熱唱し始めた。夏実もなぜか大笑いしながらめちゃくちゃな音程であすの声をかき消すように大声で歌った。二人に続いて近藤、花田も大声で笑いながら歌い始めた。

人は、感情が極限に達すると泣くと言われるが、この四人は例外であったようだ。

眠気を覚ます方法を、四人はいくつも編み出すことに成功していた。

「先生！　眠い！　行ってきます！」

そう言って四人が、「マナブ」を飛び出して向かったのは、近くの公園。四人は、真冬の夜の誰もいない公園を全力疾走した。

「先生！　ただいま！」

「おかえり！　眠気飛んだ？　偉い！」

四十八日間で、四人とテル先生の絆はいつの間にか家族と変わらないくらい、深くなっていた。

塾を出入りする時の「ただいま」「おかえり」は当たり前だった。

お互いが、四十八日間を乗り切るための不可欠な存在となっていた。

「地獄の48日間」46日目。

「なっつー！　ちょっと、早く来てー！」

あすが「マナブ」の教室の掲示板の前に立って飛び跳ねている。

「もー、今暗記しとるのにー」

そう言いながらも、夏実は掲示板の前に立った。塾内模試のランキングの結果が掲示されている。

「一位……佐藤あすか、西山夏実……。え⁉　この前の模試？　私が？　あすと？　やった！」

夏実は入試直前の塾の模試であすと塾内で一位に並んだのであった。

「やっと叶ったね！　なっつー、ずっと『あすと一位取りたい』って言いよったもんね」

「うん、これも、あすのおかげ。あすがおったけん、私、頑張れた」

夏実はあすとハイタッチをした。

夏実は常に塾内トップのあすを目標にして、この四十八日間を頑乗り切ろうと張っていた。中一の時から常にトップを走っていたあすの後ろを夏実はずっと追いかけていたのだ。

「なっつー、よく頑張ったね。この調子で本番まで一緒に頑張ろう」

「うん！」

しかし、夏実はまだ安心できなかった。今回の模試も実際の入試通りの時間、朝九時四十分から行われた。しかし、夏実はやはりその時間に間に合わず、実際に受けたのは、夜の七時であった。

本番はそんなこと許されるはずがないのだ。

あすと最後に一位取れてよかった、けど

夏実は複雑な思いを残して、ついに入試前日を迎えた。

「地獄の48日間」48日目

『2067』

夏実の受験番号である。番号を見た瞬間、今まで押し殺していた感情が、まるで水風船が割れるみたいに爆発した。

「怖いよ、怖い」

夏実は体を震わせ、泣きながら友菜のもとに駆け寄った。夏実が四十八日間、一度も口にしなかった言葉であった。

「なっつー？　怖いね」

塾も違えば、志望校も違う。それでも友菜は、学校で机に向かってただひたすらペンを走らせる夏実を見てきた。笑顔で夏実を優しく抱きしめた。友菜の優しさに、夏実の涙がさらに止まらなくなった。

「なっつー、ちょっと、もうやめてー」

友菜は、笑いながら夏実の背中を優しくぽんぽん、とたたいている。かと思えば、友菜も泣いている。

「友菜……」

いつもは、弱いところを決して見せない友菜の、不安げな顔。夏実は、そんな彼女に少し驚きながら、優しく抱きしめた。二人に、いつもの笑いはなかった。

「明日だね、ついに」

二人は、受験に対する恐怖を今まで隠し続けてきたのだ。お互いの泣き顔を見て、余計に涙が止まらなくなっている。

「友菜、なっつー」

静かな声でそう話しかけてきたのは、あすだった。彼女もやはり泣いている。心臓が急に縮こまるような思いがした。あすは、二人を強く抱きしめた。今までにないくらいの強さだった。しかし、あすの体も震えている。

「怖いね。とうとう明日だね。でも勝つよ、うちらなら絶対に大丈夫」

あすは号泣しながら言った。二人は大きく頷いて、ただひたすら泣いた。あすも、周りから見られていることなど気にもせず、体が疲れてしまうくらい泣いた。一人一人が弱くても、三人集まれば何十倍にも強くなれたような気がした。

「松田先生、こんな、でこぼこな道をずっと見守ってくれてありがとう。行ってきます」

夏実は学校から帰るとき、養護教諭の松田に言った。

松田は何も言わず、ただ夏実を抱きしめる。だんだん強くしていきながら。

「先生？　長いよ」

夏実はそう言うと、先生はふふっと笑い、さらに強く抱きしめたのだった。


「ひかる、行ってきます」

夏実は、「あおぞら」の扉の前に立ってそう言った。もちろん、扉の向こうから声も音も返ってくることはなかった。


「ただいま！」

放課後、夏実があすと向かったのはやはり、「マナブ」だった。

「おかえり！」

テル先生はいつも通りの笑顔でいつも通りの「おかえり」を言った。

四十八日間を一緒に耐え抜いた近藤と花田もそこにはいた。

「今日で最後かあ」

夏実がしみじみと言う。

「楽しかったあ。四十八日間」

あすは、笑顔で言った。

「そういえばさ、なっちゃん、塾で寿司食べとったよね⁉」

近藤がふと、思い出して言う。

「まーね。食べたかったもん」

「塾で寿司食べるのは日本初じゃない⁉」

花田が言った。

「あっははは！　確かに‼」

「なっつー、日本初おめでとう！　あっはっはっは！」

「おう、ありがとう！」

たわいもない会話をしながら、四人は最後まで笑っていた。

「頑張ろうな」

夏実は、あす、近藤、花田を抱きしめて、そう言った。

夏実にとって、三人の存在はとても大きかった。おそらく、三人がいなければ夏実はここまで頑張ることも、四十八日間を耐え抜くこともできなかっただろう。


「今日まで一緒に頑張ってくれてありがとう」

「じゃあね。みんな」

「マナブ」の前でみんなに別れを告げた。

「頑張ろうね」

「勝とうね」

「じゃあね」


「あ」

四人は、それぞれ帰ろうとするも、二、三歩歩くとみんな一斉に振り返った。四人全員でお互いに顔を見合わせる。

「もうこれで本当の最後ね」

夏実はそう言って、四人でもう一回抱き合った。何も言わずにただ抱き合った。夏実は今にも出そうな涙を、必死にこらえる。

「じゃあね。みんな」

夏実はそう言って、最後にもう一度「マナブ」に戻った。テル先生と話すために。あすも「マナブ」に戻ってきた。

「ほんと。地獄やったよ、この四十八日間。死ぬかと思ったもん」

「ナツもあすもよく頑張ったな。偉かったね」

「いよいよ明日か。テル先生、私のこと心配しすぎて、受験会場入ってこんようにね」

夏実はテル先生を茶化すように言った。

「入るかもしれん、いや、うそうそ。心配はしてないよ。ナツなら大丈夫って俺は信じてるからね」

「またそれかよ！」

「明日、ナツが自分で起きて、受験会場に行って、時間になったら座って、五十分間解く。それだけでいい。俺がそれで合格あげる」

テル先生は、ははっ、と笑って言った。

そして、

「今日もよく頑張ったね、偉い」

いつも通りそう言って、テル先生は夏実を塾から見送ったのだった。

「マナブ」からの帰り道。

夕日が美しく輝き、町全体を照らしている。

夏実はあすと歩いていた。

「もうすぐだね、ゴール」

あすが前を向いたまま喋る。

「なんか、寂しいね。もう、あすと勉強することもないんやね」

「なっつー！　何言っとるん！　うちら、シロノ行くんやろ⁉　違うと⁉」

あすは夏実の肩を思いっきりたたく。

「ごめんごめん。ちょっと痛いけど……」

夏実は肩をさすり、痛そうにしてあすに見せる。あすの目には一切映っていないようだが。

「なっつー、明日頑張ろうね。なっつーなら起きれる、なっつーなら大丈夫」

突然、あすが真面目な顔になって言う。

「あす、テル先生かよ！」

「つるさいわ！」

「でも、ありがとね、あす。頑張って起きるね」

二人はいつの間にか、分かれ道まで来ていた。

「じゃあね、また明日」

夏実がそう言うと、あすが、

「あ！　ちょっと待って」

と言って、夏実に一枚の小さなメモ用紙を渡す。

「帰ってから読んでね。じゃあね、また明日」

そう言うと、あすは夏実に背を向けて早歩きで帰っていった。

夏実が家に帰って、渡されたメモ用紙を見ると、そこには、

『一緒に頑張ってくれてありがとう。

一人で目指し始めたシロノ。

だけど一人じゃ絶対ここまで来られなかった。

高校の三年間もなっつーとげらげら笑ってたいです。

合格発表の日は嬉し涙流そう』

あすの字だった。夏実は何度も読み返し、あす頑張ろうね、そう心で唱えた。

それから、夏実は机の上にあるものを広げて置いた。


すごいよ、みんな勉強で忙しかったはずなのに

夏実が広げたのは、友達が自分のために手作りしてくれた合格お守りであった。どれも丁寧に、キャラクターなどの形に可愛く作られている。夏実は、一つずつ手に取って眺めるのであった。

夏実はこの受験勉強で、合格よりも大事なものを手に入れたような気がしていた。その日、体は完全にリラックスし、奇跡的に十時に眠りにつくことができた。集中力を最も発揮できるのは、起床してから三時間後と言われている。さて夏実は当日、起きることができるのだろうか。病気に勝利することができるのだろうか。

＊

涼子は夏実の受験前日、神社に来ていた。

「今日で、ここに来るのも終わりかあ」

涼子は、夏実が下剋上受験をすると決めたあの日から、毎日のように神社に足を運んでいた。涼子の願いは毎日変わらなかった。

夏実が当日、起きられますように
涼子はこれまで通り、手を合わせ、最後に一礼して、神社を後にした。

＊

受験当日。

曇り空が広がり、どんよりとした空気の朝。外はまだ薄暗く、重苦しい雰囲気の中、リビングでは、さっきから慎司が不安を隠しきれず、同じところを行ったり来たりしている。

「夏実起きられるかな」

「そんなの分かるわけないでしょ！」

「ごめんごめん」

涼子が不安を通り越して苛立ち始めている。慎司は全力で謝る。すると、階段の方からリズムの乱れた鈍い音が聞こえた。

ドンッ……ドンッ
その音はだんだんと近づいてきている。リビングが一瞬、静まり返った。すると、

「おはよう」

夏実だ。大きなあくびをしている。

「夏実⁉　起きたの！　おはよう！」

今にも夏実に抱きつこうとする慎司を押しのけて、涼子が抱きついた。夏実はまだ寝ぼけていて、自分が抱きつかれている理由が分かっていないようだ。

「夏実、時計見て！」

視界がぼやけていながらも、なんとか時計を覗き込む。

「六時……四十分？　うそ……！　起きれたの⁉」

それは、試験開始ちょうど三時間前であった。六時台に起きたのは、二年ぶりのことだった。後に、この時夏実が起きた理由について医者も説明することができなかった。これは紛れもない奇跡なのである。夏実はこの日、数年ぶりに念願の丸くてきれいな朝日を見た。思わず太陽に向かって思いっきり手を広げたくなるほど、朝の光は気持ちが良かった。

「え、会場行く？　行くよね、うん、え、行こっか」

涼子は戸惑ったままだ。しかし、夏実は迷うことなく、うん、と頷いた。

車で四十分かけて夏実は会場に向かった。いつものあの五人の曲を流しながら。夏実からはもう「緊張」という言葉はなくなっていた。

私、越えるよ――


「ナツ、来るよね」

「うん、来るよ」

雨が降る中、会場の外であすとテル先生がそわそわしながら夏実が来るのを待っていた。

「ああああ！　なっつー！　おはよう！」

あすが夏実を見つけて思わず大声を上げる。夏実は、あすとテル先生の姿を見て、なぜかほっとしている。

テル先生はなんとも言いようのない顔をして夏実を見る。口は少し開いていて、目を丸くして、じっと夏実を見る。そして、笑った。

「おはよう」

テル先生の目に涙が溜まっているのが見える。テル先生を見て、夏実も少し笑った。

テル先生と涼子の目が合う。二人は、何も言わず深々とお辞儀をした。夏実を最後まで預かったテル先生と、不安な中夏実を最後まで託した涼子。二人にしか理解できない意思の疎通がなされているのだろう。

「大丈夫。この四十八日間、ナツはここにいる誰よりも勉強した。頑張った」

「ナツなら大丈夫」

テル先生は夏実を前にして言った。テル先生の目は輝いていた。夏実は深く頷き、会場に入っていった。

九時四十分。

「始め！」

という合図とともに夏実は裏返しになった国語の問題用紙を表にして解き始めた。とにかく必死に。

起床三時間後に解く初めての国語のテスト。いつもの何倍も、頭が働いていた。

大丈夫、大丈夫

解ける、私には解ける

二時間目「数学」——

とにかく落ち着いて

三時間目「社会」——

あ！　これ、昨日確認したとこじゃん

ちょうど、前日になんとなく確認した教科書の国別生産量などのグラフ。それと全く同じものが、問題に出てきていたのだ。

四時間目「理科」――

五時間目「英語」――

いつも寝れるまで聞いてるやつだ

寝られない時間に毎日聞いていたリスニングＣＤのおかげで、リスニング問題は緊張することなく、解くことができた。

最後の最後まで、夏実は持っている力、そして応援してくれている家族や先生、友達への思いを全て解答用紙にぶつけた。

午後四時。

キーンコーンカーンコーン

チャイムの合図とともに、夏実はペンを机に置き、闘いに幕を閉じた。チャイムの音は、試合終了を告げるサイレンのようだ。

あれ、おかしいな
力が……力が入らない

夏実はこの時、全身から、力がすーっと抜けていくのを感じた。

「なっつー！　しっかりして！」

夏実は今にも倒れそうで、ほとんど歩けなくなっていた。降りしきる雨の中、門の外で傘をさしながらテル先生と涼子が迎えに来ていた。

あすはふらついている夏実を、なんとか支えながら、シロノの校門を出た。この時、あすは夏実の目に涙が溜まっているのが見えた。夏実の涙は達成感の表れであった。手ごたえや合否など、夏実にとってはもうどうだってよかった。

やってやったぞ
自分は勝ったんだ
病気の不安に過去の自分に

夏実はこの十五年間で一度も味わったことのない達成感を手にしたのだ。

解答用紙ただ一枚
世界で一番薄くて
世界で一番もろいのに
世界で一番強い
そんなあいつを真っ黒に染めてやった

その日の夜。

「マナブ卒業式」が開かれた。

「あ、そっか。もう終わったんか」

教室に入った時には、テル先生の作ったスペースは完全に撤去され、四十八日間の名残は跡形もなく消えていた。

テル先生の卒業式でもあり、夏実の卒業式でもある「マナブ卒業式」。テル先生から、夏実に卒業証書が渡された。

「ナツは『いつも幸せな人』にはならなくていい。どんな状況にいても、その状況を幸せって思える人になってほしい」

テル先生は今日も笑っていた。そして、夏実はこの日、テル先生に手紙を読んだ。

テル先生へ
今日、入試が終わってシロノの門を出た時、達成感で涙が出ました。今日、ここまで来れたのはテル先生の存在があったからです。

今から一年半前、初めてテル先生に会った時私は学校に行けてなくて、勉強どころじゃなかった。色んなこともう諦めかけていた。

でも、先生は全部受け入れてくれたね。どうしたらいいか、一緒に考えてくれたね。「シロノ行きたい」って言った時も、先生の言葉が無かったら決意できなかった。

この四十八日間、何回も折れそうになった。身体的にも、精神的にも。

でも、先生がいつもそばにいて「ナツなら大丈夫」ってずっと励まして、信じ続けてくれたからここまで来れたよ。本当に辛かった。本当に。でも、テル先生と馬鹿みたいに熱くなって、夢中になって、泣いて笑って、一歩一歩進んだこの四十八日間は、本当にあっという間でめちゃくちゃ楽しかったし、輝いてたよ。

そんな最高な景色を見せてくれて、教えてくれて本当にありがとう。この下剋上受験は、テル先生がいなかったら始まらなかったし、終わらなかった。

結果がどうなろうと全く後悔はしてないし、本当に挑戦してよかったって心から思ってる。色んな人から支えられて、励まされた四十八日間で沢山のことを学んで強くなれた。
本当にたくさんたくさんありがとう。
先生の教え子になれて良かった。

テル先生は、必死に涙をこらえていた。いや、こらえられていなかった。ポケットからハンカチを出しては目頭を押さえ、を繰り返していた。彼は、夏実からの言葉を本当に嬉しそうに受け取っていた。

*

あ、お久しぶりです。
ひかるです。
あれから、ずっと「あおぞら」に引きこもってました。
ちょー退屈だった。
まじで。
やっと卒業かよって感じ。
これで、ひかるも自由だ。
今日は卒業式。

人が多すぎて、もう吐きそう。
あ、夏実……
久しぶりに見たけど超笑ってんじゃん。
良かったな、夏実。
保健室卒業してから、結局一度も会えず話せず、でした。
ひかるは、何とか生きたぜ。
夏実、覚えてるかな。
ひかるにおはようって言ってくれたこと。
夏実、覚えてるかな。
ひかるが泣いてたとき、隣に来てくれたこと。
ひかるは全部覚えてるよ。
連絡先交換したいけど無理そう……。
もう今日でお別れだね……。
元気でね。
ありがとう、夏実。それと、

卒業おめでとう。

ひかるは最後まで、誰かと話すわけでもなく、一人で校門を出ていった。手には、卒業証書が握り締められていた。

＊

こんなにも、雲は姿を消すことができるのか。そう思わせるような晴天の日に、夏実は卒業式の日を迎えた。起床と同時に夏実の頬には、涙が流れていた。

みんなに「ありがとう」をちゃんと伝えよう

そう決めて、家を出た。
夏実は式中、保護者席の方に父慎司と母涼子の姿を確認した。
そしてなぜか、その隣にはテル先生の姿があった。
「なんでおるん」
夏実はなんとか必死に笑いをこらえ、式を終えた。
式の後の最後のホームルーム。
教室には沢山の保護者の姿。と、テル先生。
生徒一人一人がみんなの前でメッセージを言う。

「沢山支えてくれてありがとうございました」
夏実はクラス全員の方を向いてそう言った。
「本当によく頑張りました」
担任の先生は涙で化粧が崩れかけていた。普段、全くと言っていいほど涙を見せない担任の顔が、夏実の胸を打つものでもあり、また、少々滑稽《こっけい》でもあった。
みんなが写真を撮っている間、夏実は人を探していた。

最後くらいは、連絡先だけでも……

ひかるだ。しかし、どこを探し回ってもひかるの姿はもう玉野中にはなかった。夏実とひかるは、結局卒業式にさえ顔を合わせることなく別れたのであった。

ひかる、ばいばい、元気でね――

校門に向かった。
校舎からの「いってらっしゃい」を授かる為に。

案外お別れって寂しくないかもね

夏実は、校舎に一礼して校門を出た。

そして、家に帰ってからも「ありがとう」を渡した。

お母さんへ
まず、三年間ありがとう。

どん底にいた私の隣で一番勉強して、理解して、励まし続けてくれたのはお母さんだったね。「大丈夫だよ」って、いつも言ってくれたから病気に向き合うことをあの時決めれたよ。何度もくじけそうになった。けどお母さんがずっと治るって信じ続けてくれたから何回も立ち直ることができたよ。

沢山本を買ってきて勉強してくれたね。全然起きない私を何時間も起こしてくれたね。少しでも学校に行けるように沢山頭下げてくれたね。

毎日毎日、記録を取って、一週間前よりできるようになったことを見つけて褒めてくれたね。辛い時、いつもそばにいてくれたね。

お母さん、あの時私を見捨てないで、一緒に闘ってくれてありがとう。沢山泣かせてごめんね。

傷つくような言葉、思ってないような言葉ぶつけてごめんね。

お母さんがいなかったら、今見えている景色が全然違うと思う。

ボロボロだった私が、今、周りの人から別人みたいだねって言ってもらえること。

そして、シロノを受験したこと。全て一人の力ではない。お母さんと二人で積み上げてきた力です。本当にここまで来れてよかった。沢山の人のおかげで今の自分があること、全てが当たり前じゃないこと、そしてあの時知った痛みや苦しみを忘れずに、強く生きていきます。

最後に、卒業させてくれてありがとう――


合格発表の日。

青空のもと、桜はまだ二分咲きだ。これから満開になるまで待つほかないのだろう。

「やっぱり、行きたくない」

番号が張り出されるのは午前九時。夏実はまだ、リビングの椅子に座っていた。

「夏実、行かんと？」

「落ちとるのは分かっとるけん。いい」

そんな会話がかれこれ十五分置きに繰り返されている。

夏実はずっと不機嫌だ。

しかし、涼子は見に行きたくて仕方がない。


もしかしたら、もしかしたら……

どうしても、涼子の頭から「もしかしたら」が消えない。

時刻はもう十一時になろうとしている。

「夏実、行こうか」

涼子は、制服を持って夏実の前に立った。車のカギも持っている。まるで、あとはあんたの準備を待つだけよ、と言わんばかりに。

「…………」

夏実はけだるそうにしながらも制服を着て車に乗り込んだ。慎司も乗り込み、親子三人でシロノへ向かった。

「やっぱり帰りたいかも」

シロノに着き、車を降りて、夏実は足を引きずり慎司にしがみつく。

しかし、颯爽と前を行く涼子。

夏実は口を尖らせながら、しょうがなさそうについていく。

掲示場所にはもう誰もいなかった。

「あ！　待ってください！　まだ、見てないんです」

涼子はとっさに口を開く。

番号の書かれた紙がすでに外されようとしていたのだ。

そして、ようやく夏実は掲示板の前に立った。

受験番号は「２０６７」。
ゆっくりと上から目を落としていく。
ふうーーー
…………
白地に黒の数字が沢山載っている掲示板を睨む。
「こわい！　こわいって……！」
夏実は、慎司の袖をぎゅっと力強くつかむ。
ドクッ、ドクッ
２０６０……２０６２……２０６３……
ドクッ、ドクッ
夏実は左手で胸を押さえて、心臓の動きを確かめる。

「やだ！　もう帰りたい！」

夏実の顔からは、血の気が引いている。

しかし、視線は一番上の「２０６０」からゆっくりと非常に長い時間をかけて、下へ降り続けている。

一つずつ、ゆっくりと。


ドクドクッ、ドクドクッ……

ドクドクッ、ドクドクッ……


「やばい！　耐えられん！」

夏実は何度も息をのむ。そして、さっきよりも心臓の動きは速くなっているのが夏実にだけ分かる。ハアッ、ハアッ、ハアッ、ハアッ、
２０６４………

夏実の心臓の音と息を吸う音だけが聞こえている。

目に映るのは、沢山の数字だけ。

「あっ！　２０６５！」

心臓がバクバクの夏実。ジェットコースターの、急降下する直前を味わっているような気になってしまう。

２０６５……

そろそろ来る頃だろうか。

２０……６……６……

2……0……6…………7

２、０、６、７……

あった「あったあ！　あったよ！　ほら！　２０６７！」

夏実は番号を指さして、泣きながら、ポップコーンがはじけたみたいに飛び跳ねた。

夏実の「地獄の48日間」の努力は「合格」という形で結実したのだった。


「お母さんっ！　受かった！」

夏実は涼子の方を向いて、満面の笑みで飛びつく。涼子もおいで、と言わんばかりに両手を広げて、夏実を力強く抱きしめる。

「よかったあ、本当に。頑張ったね」

涼子は、子供のようにはしゃいでいる。嬉しさで声が高くなったり、安心感で落ち着いたトーンになったりしている。目から、大粒の涙がボロボロと次から次に溢れ出てくる。

「頑張ったなあ、お疲れ様」

慎司も、顔をくしゃっとさせながら、泣いている。

笑いたいのに涙が出てくるため、感情がぐちゃぐちゃになっているのだろう。

誰もいない掲示板の前で、親子三人その場でしゃがみ込んで泣き始めた。

「よかったあ、みんなに『ありがとう』って早く言いたい」

夏実の頭に真っ先に思い浮かんだのは、これまで支えてくれた人たち全員の顔であった。

「テル先生にも、あすにも、とにかくみんな！　あと、芹奈にも！」

「ほんとやね、早く言いに行かんとね！」

「よっしゃあ！　これで、ひかるに映像が作れる！」

夏実の感情はとにかく忙しいようだ。

そんな夏実を見る涼子は、表情も姿勢も立ち方も、何もかもが幸せそうだった。

「よかったね。本当に」

「もう一回見ときたい！」

夏実は、そう言ってもう一度、掲示板に目をやった。

しかし。


…………


……ん？

……ないよ？

嘘やん……

そんなはずない…………

え……？

やっぱりない

おかしい、おかしい……


夏実の顔から、さっきの喜びが消え、絶望の表情へと変わった。

「夏実？　どうしたと？」

涼子は何が起こったか分からず、夏実の顔を覗き込む。

「…………ない」

夏実は重々しい低い声で言った。

「何が？　夏実の番号ならあるやん」

「違う、あすの番号。ない」


少し冷たさの残った風が吹くある夜。

ピーンポーン
静かな夏実の家に、インターホンが鳴り響く。

「あす……」

ドアを開けるとあすが立っていた。

あすは、なぜか笑っていた。今までに見たことのないくらい、顔いっぱいにしわを寄せて。

「なっつー、おめでとう」

彼女は、心からの笑顔でそう言った。

夏実は何も言えなかった。なんなら、その瞬間だけ消えられる方法はないだろうかと考えた。

「お祝いしにきたよ！」

そんなふうに、笑いながら言うあすを夏実は部屋に迎えた。

「なっつー、顔死にすぎ」

彼女は少し笑いながら、夏実に話しかける。

「だって……。あすと一緒に頑張ったのに」

夏実は泣きはじめた。

「そうやねー、もちろん悔しかったな。でもねー、なっつーの番号あったけん、いっかな？　って。なっつーの番号見て、私もそれで報われた。なっつーの番号もなかったら、立ち直れんやった」

あすは、夏実が思っている何倍も強かった。

「なっつー、ごめんね。一緒が良かったよな。私がそばにいないとだめやもんね。ごめんね」

あすは、夏実の肩を抱き寄せた。夏実は彼女の胸に顔をうずめ、声を上げてさらに泣いた。

あすも泣いた。声を上げて。

二人が座り込んで泣き叫ぶ様子は、まるでスーパーのお菓子売り場で、ひたすら「お菓子買って！」と泣きわめく幼児のようであった。

二人は互いの涙を親指で拭き合った。

「あすの分も、シロノで頑張るけん」

落ち着きを取り戻した頃、夏実は静かに言った。

「それは違う。自分のために、自分のことを頑張るんよ。私のことなんか、考えなくていい。すぐ背負いすぎるから」

それは、あすにしか言えない言葉であった。中一の時から、ずっとそばで夏実のことを見続けてきた、あすだからこその言葉なのであった。

心のかくれんぼが得意だったあす。夏実は隠れる為にこれまで無数の「どこか」へ逃げ込んできた。しかし、その「どこか」にはいつも必ずあすがいた。まるで、夏実が来るのを先に知っていたかのように。

ありがとう、あす、私を知ってくれて――

夏実とあすの友情は、そんな軽いものではなかったようだ。

「え……西山が……ですか⁉」

「西山が、西山が……⁉」

「え、西山がどうかしたんですか？」


合格発表の日にさかのぼる。

玉野中の職員室では、お祭り騒ぎが起こっていた。

「西山が受かったぞー！　白野宮に通ったぞ！」

「ううおおおおおお」

「すごいですね」

職員室は拍手喝采。歓喜の声で溢れていた。

「西山は、『キセキの子』ですねー」

「お、いいですね、『キセキの子』」


キセキの子。

この呼び名をつけられたのは、これが初めてではなかった。

それは、夏実が生まれて間もない頃のこと。

「なっちゃんが立ったわ！」

生後すぐ、医者に歩けないかもしれない、と言われていた夏実。それでも、夏実はなんとか自力で立った。

「なっちゃんは、『キセキの子』ね――」

そのときに、親戚、家族に言われていたのがこの、「キセキの子」という言葉であった。

夏実は、それからキセキを信じて生きるようになったのであった。夏実が今回合格できたのも、そんな自分の「キセキ」を信じて、努力を続けてきたからなのだろう。


「ばあば、受かりました……」

「ひぇえええええ！　本当に!?」

ばあばは、絶叫しながら喜んでくれた。

「じいじー！　なっちゃんが受かったってよー！」

ばあばはじいじと一緒に、涙を流しながら手を取り合って喜んだ。

夏実が帰るときも、手を優しく握りしめながら、

「良かったね、良かったね」

と、言い続けてくれた。

「友菜おめでとう！」

「ありがとう。なっつーは……？」

「合格したよ」

「え!?　本当に!?　良かったあ」

友菜も泣いた。夏実も泣いた。

あの受験前日に友菜と号泣したのが、とても懐かしく思えた。夏実は、今まで支えてくれた全ての人に合格を伝えた。

自分より泣いてくれる友達や親戚が夏実の周りには溢れていた。

頑張ってよかった
これで、みんなに「ありがとう」を伝えられたかな

みんなの笑顔と涙のセットが、夏実にとっては最大の合格祝いだった。

ピーンポーン
「ナツ！　おめでとう！」
テル先生が、笑顔をキラキラと輝かせている。両手には花束。そしてなぜか、タキシードに身を

包んでいる。今からプロポーズでもする気なのだろうか。

「花束デカすぎ！　ま、受け取るけど！　テル先生、『ナツなら大丈夫』だった。ありがとう」

夏実は幼い子供のようなくしゃくしゃの笑顔で、そう言った。

「やっぱりな、俺の言った通り。俺は、これからも言い続けるからね。『ナツなら大丈夫』って」

テル先生は「いい奴」なのだ。

テル先生は、怪しいぐらい「いい奴」なのだ――


――此レニテ、「地獄の48日間」ヲ無事閉幕トスル――

第七章

出会い

白野宮高校入学式。

夏実はついに、実感がないままシロノの門をくぐった。

夏実は入学式の最中、忙しく目を動かしていた。

可愛い子おらんかなあ

夏実は必死に可愛い子を探していた。まるで、なまはげが「悪い子いねがー」と言い回るみたいに。

しかしそれにはきちんとした理由があった。

夏実は高校で映像制作を始めることを決めていた。

シロノには、映画部などの映像制作の部活が無かったため、夏実は仲間を募るところから始めなければならなかった。夏実はとりあえず、自分の映像に出演してくれるような人物を探していた。式中、夏実は視力の悪さから人の顔が全く見えず、可愛い子を見つけられなかった。しかし、自分が探し求める人物は案外近くにいた。

夏実は自分の教室に入り、周りの女子を見渡していた。

みーつけたっ

夏実の目に留まった一人の少女。色白で、目には輝きがあり、凛《りん》としていて、いかにも「優等生」を思わせる一際目立つ子であった。周りを何度見回しても、やはりその子に目が行く。ただの「可愛い」や「美人」ではなく、夏実はその少女から、オーラを感じたのだ。

この子に決めた

夏実は帰ってすぐに、入学者名簿に記載されている、少女の名前に線を引いた。

古庄菜々夏《ふるしょうななか》――

夏実はこの時、古庄とお互いの人生に大きな影響を及ぼし合うことになるなど、一ミリも思っていなかった。


入学式から二、三日経ったある日。

夏実は思い切って古庄に、話しかけた。

「私、映画監督になりたいっちゃん？」

古庄は固まった。いや、当然である。はじめましての挨拶で自分の夢を語る者が他にいるだろうか。

夏実は、その後も名乗ることもないまま夢を語り始めた。

「私、監督なりたいんよ。てか、なるんよ。でさ、映像作るんやけど、出てくれん？」

「う、うん」

古庄は戸惑っている。

「え、いい？」

「……」

「出てほしいです」

夏実は念を押す。すると古庄は二秒か三秒、夏実を見つめた後に急に声を発した。

「うん、出てみたいかも……」

「……」

夏実は固まった。いや、当然である。初対面の奴からの突然の要求に、はなから受け入れる者が他にいるだろうか。

「うち、小学校の時から舞台とかに出とったんよ。うち演じるの、好きなんよね」

なんと、偶然古庄もエンターテインメントの世界に興味があったのだ。それをきっかけに、二人は一気に仲を深めていった。

後から分かったことなのだが、夏実が小学五年生の時に見た舞台になんと彼女が出演していたのである。さらに、舞台終了後、出演者と最後にハイタッチをする際に、二人はハイタッチをしていたのだった。夏実が「この子だ」と一瞬で判断できたのは、一度彼女の舞台を見ていたからなのかもしれない。たった一か月で、親友、いや男友達のような間柄になり、ふざけ合い、しょうもない言い合いまでするようになった。古庄の見た目からは想像できないくらい男っぽくてサバサバした性格や、負けず嫌いな性格が、まさに夏実と一致していたのだ。会話をする時は、

「映画見よ」

「いいよ」

などと、「!」や「?」が全くない口調が当たり前になった。お互いに、恋の話や将来の夢の話などなんでもするようになった。しかし夏実は、病気のことだけは黙っていた。古庄を驚かせたくなかったのである。

古庄、怖がるかな

日に日に心の迷いは大きくなっていった。しかし、誰の力も借りずに進級することは厳しいと思い、古庄が夏実の家に泊まりに来たある夜、夏実はついに古庄に話すことを決めた。

「あのさ。古庄」

「何?」

「私、病気もっとるんよ」

夏実は古庄に話し始めた。話すことの怖さをひた隠しにしながら。古庄は頷きながら、じっと聞いていた。震えている夏実の手を、力強く握りしめながら。

夏実が涙をこらえると、

「今日はこらえんでいい。泣いていいよ」

古庄はそう言って、夏実を抱きしめながら背中をぽんぽんと叩いた。その瞬間、夏実は涙が止まらなくなった。夏実が泣きだすと古庄は背中を何度もさすり、最後までずっと話を聞いていた。いつもはサバサバしている古庄が、今日はなんだか別人に思えた。夏実が全て話し終えると、二人の間に不思議な時間が流れた。夏実も、古庄も口を開こうとしない。

二人はただ、夜の静寂に閉じこめられているかのようだ。

古庄は、夏実の目をじっと見つめている。真顔ではあるが、口角がかすかに動く。

十五秒ほど無音が続いた後、古庄はゆっくりと口を開けた。

「話してくれてありがとう。全部受け止めた」

そして、古庄の目はいつになく真っ直ぐだった。

「一人で寝るのが怖い」

夏実がそう言うと、

「歌ってやる」

古庄はそう言って、夏実が眠りにつくまでずっと歌った。

次の日の朝。

「今は八時です。朝だよ！　起きろ！」

そう言って、古庄は夏実に飛び乗り「おはよう！」と言った。夏実の全てを理解した上での古庄のいつも通りの接し方。夏実はそれが嬉しくて仕方がなかった。

この日は夏実にとって忘れられない日となった。古庄という相棒のおかげで、夏実はなんとか毎日の学校生活を送ることができた。クラスの仲間も徐々に夏実のことを理解し、当たり前のようにサポートをしてくれるようになった。

しかし、また夏が近づくにつれ、夏実は体調を崩しやすくなった。

「夏実、無理はせんでね。普通に生きててくれればそれでいいけんね」両親は口を揃えてそう言った。

「やりたいことやれんのは嫌だ。おもしろくない」

それでも夏実は、テル先生から得た「挑戦の楽しさ」がやみつきになってしまっていた。

「挑戦して失敗しても、後悔は絶対しない」という「地獄の48日間」で学んだ教えである。

挑戦してみるよ、テル先生
私、映像するためにシロノに来たんやけん
そして、ついに二〇一九年夏、夏実は映画監督としての第一歩を歩み始めた。

夏実が挑戦したのは、ミュージックビデオ。
そして、出演するのはもちろん古庄である。

何からしようかな……
カメラないと始まらんな……
あと、ジンバルも……

夏実は、高額の有名な一眼レフカメラと、ジンバルと呼ばれる、ブレを抑えるための撮影器具を買うことにした。二つ合わせるとものすごい金額になる。それでも夏実は、小学校から貯めてきた貯金を全額注ぎこんで、自分で購入した。

人いっぱいの方が楽しいなあ

次にスタッフを集めた。
夏実はすでに中学の時の同級生、岡村《おかむら》をスタイリストとして誘っていた。岡村はファッション関係の仕事に就くことを目指しており、実際にファッションデザイン科のある県内の高校に通っている。それから、ADとして、しま、ふわりの二人を誘った。ちなみに、ふわりはあだ名である。歩き方がふわりふわりとしているため、こんなあだ名がついてしまった。

こうして、夏実、古庄、岡村、しま、ふわりの制作チームが出来上がった。

「岡村ー、スタッフTシャツ作って」

「楽勝やん。そんなもん」

そう言って、買ってきたのは三百九十円の黒Tシャツ。背中に白テープで、

「STAFF」

と張りつけた。世界で最もコストパフォーマンスの高いかもしれないスタッフTシャツが出来上がったのであった。こうして、撮影準備は整った。

夏実は「とにかく楽しもう」をモットーに撮影を始めた。初めてで、手順など全く分からず、何もかもがとにかく手探りな状態であった。無理やり組み込んだスケジュール、非効率なロケ地の回り方、曖昧な映像のOK、そして緩い空気の撮影現場。本格的な撮影現場には程遠かったが、夏実は楽しかったので満足していた。

「滅茶苦茶やったけど、楽しかったね！」

「青春できたけん、よかった！」

メンバーもとにかく楽しんでいた。

「なっつー、これインスタグラムに載せんと？」

「あ、そうやね。載せてみる？」

夏実はこの時、人に見せることなど微塵も考えていなかった。なにせ今回はまだ、本格的な映像制作をするための練習用として、軽い気持ちで制作したのだから。

「ま、載せてみよっかな」

有名人が愛犬の写真を投稿するような感覚で、夏実も完成したミュージックビデオをインスタグラムに投稿した。


すると数十分後。

「夏実！　あんたのスマホずっと鳴ってるよ！」

夏実がスマホを見ると、なんとそこにはいくつもの通知が。

『これから毎朝見るね。今日頑張って良かった』

『元気出た。ありがとう』

夏実の投稿に沢山のコメントやダイレクトメッセージが来ていたのだ。

『次作も楽しみ！』

『続編期待しています』

と、中には次の作品を求めるメッセージまであった。


私、みんなを元気にしとったん？

ただ、載せただけなのに……

夏実はこの時、不思議な気持ちに陥ったのだった。自分が映像を発信することで、人が元気になったり笑顔になったりしていたのだから。夏実の前には、それが、今までに見たことのない景色として広がっていた。

感想をくれたみんな、私を支えてくれてる人たちだ
みんなが私の映像で笑ってくれてる、元気になってくれてる
私、みんなの力になってたんだ
今まで支えられた分、今度は私が支えるんだ
もっと沢山の人を支えたい、勇気づけたい
下剋上受験の次は、映像でみんなに感謝を伝えられる
いつかひかるにも、映像を見て笑ってほしい
やってやる

夏実にはもうスイッチが入ってしまったようだ。
あの下剋上受験の時と同じようなスイッチが。

本気でやってやる

しかし、そう感じたのは夏実だけではなかった。

「うち、本気で女優になりたい」

古庄であった。古庄は今まで、自分の夢を人に話すことが怖くてできなかった。今まで、古庄が自分の中で封印していた「女優になる」という大きな夢。それは、夏実が自分にカメラを向けた時から、日に日に抑えられなくなっていたのだろう。

「なつのおかげでつまらん未来が見えない未来になっていって、すごく毎日が楽しくなった」

古庄にはもう、火がついていた。

「人生変えてくれてありがとう」

そして、古庄はきれいな目をしていた。

夏実は古庄の気持ちをしっかりと受け止めた。同時に、自分が古庄に、芸能界を本気で目指すきっかけを作ってしまった、という強い責任も感じていた。

古庄をビッグにする
私が古庄を輝かせる——

夏実はそう誓った。

そして、冬にもう一度ミュージックビデオに挑戦することを決めた。

冬の撮影で私が古庄の魅力を伝えたい、沢山伝えたい

夏とは比べものにならんくらいレベルの高い作品を作らんと絶対に魅せられん

夏実は冬の撮影に向けて、なんと映像の勉強を本格的に始めた。全ては古庄を輝かせるため。エンターテインメントという大きな枠組みから、MVの作り方、映像の仕組みから編集の仕方まで、ありとあらゆるものをとにかく一から勉強した。書店で大量の本を買い、一日のほとんどを映像の勉強に費やした。もちろん、周りには誰も教えてくれる者はいなかった。それでも、実際のミュージックビデオの制作の手順、ロケ地の回り方、スケジュールの立て方などをとにかく頭に叩き込んだ。大人でも習得が難しいと言われる編集ソフトを、三か月で使いこなせるようにまでなった。

そして、とうとう冬が来た。

夏実が三か月間の勉強で培《つちか》った、全知識を使う時が来たのだ。

チームにもさらに二人加わった。脚本の小田《おだ》、カメラアシスタントのもえ。夏実は、とてつもなく真剣な目をしていた。夏の制作では一切見せることのなかった、真剣な目を。

夏の楽しさはもういらない

自分の本気を作品に全てぶつける

「六分間で一本のドラマを見た感覚になってほしい」

と夏実は今回、とにかくメッセージ性を重視していた。

まずは曲を分析した。歌詞の意味、込められたメッセージを細かく読み取った。それから、曲に基づいて一つのストーリーを作り上げ、それに合う衣装、ロケ地、映像の構成を考えた。そして、演じる古庄との打ち合わせをとにかく綿密に行った。夏実の気合の入れようは半端ではなかった。

「この曲のテーマはさ！　とにかく、『絶望』なんよ！」

「うん」

「なあ!?　分かる!?　古庄!?」

「分かってる！　さっきからちゃんと聞いてるって、とにかく落ち着け！」

夏実の気合の入れ方は古庄の口調が荒くなるほどだった。それぐらい、夏実は冬の制作に熱がこもっていたのだ。

撮影現場の雰囲気はさらに変わった。時間が押したり、ＮＧが続いたりすると、ピリピリとした緊張感が流れた。反対に難しいカットが成功すると、現場は盛り上がった。

「これだ。私がやりたかったの」

夏実は、喜びの声を漏らしていた。

しかし夏実の体は、そう簡単に言うことを聞いてはくれなかったようだ――

ある日、夏実は学校で職員室に呼ばれた。

「西山、進級が危ういぞ」

「それって……」


夏実は撮影を始めてから、体調を崩し始めていた。

脳をかすめたのは「留年」の二文字。

夏実は撮影期間に入ってから、一日をこなすだけで必死だった。

撮影前の打ち合わせやセット撮影の手配、タイムテーブル作成にスタッフへの連絡。

現場ではカメラマンとして、一日中重たい撮影器具を持ちながら動き回るため、手には相当疲労が溜まっていた。

また、監督として、スタッフをまとめながらトラブルにも対処しなければならなかった。カメラの充電が切れるのはしばしばあることで、荷物を置く場所を探すだけでも一苦労だった。

「そこには置くな！」

と偶然通りかかった人に怒られると夏実は頭を下げた。

撮影が終わり、家に帰れば編集作業が待ち受けていた。

パソコンの画面と向き合いながら何時間も編集し続けた。

最後まで編集し終わったと思えば、

「……消えた」

パソコンが不具合を起こすことだってあった。

夜遅くまで編集しても次の日には、

「行ってきます」

と学校に行かなければならない。そこでは、課題や小テストという名の追い討ち、定期テストという名の長期にわたる圧力もかけられた。

夏実はそれら全て、一人でこなしていた。そうするうちに、夏実の心と体は中二の時のどん底に戻りつつあった。

留年はさすがに辛いよ？
やだなあ
つざけんなよ
生きがいがまたなくなってく
は？　またどん底じゃん……
どん底かあ……

そして、クランクアップが間近に迫ったある日。

夏実は、古庄と二人で公園のベンチに座りながら話していた。

「古庄？　あのさ……」

夏実がいきなり、切り出す。

「うん」

「今回の撮影終わったら、映像、やめようと思う」

それは、夏実が必死に考え抜いた答えだった。

「……うーん、そうかぁ……」

古庄は、中途半端な返事をしてただただ前をぼーっと見つめる。古庄はなにか言いたそうだ。口がもごもご動いている。

「そうかあ、やめるのかあ、うーん」

いや、違う。古庄が言いたいのはこんな言葉ではないのだ。

しかし、どうしても喉でつっかかる。

古庄はそのまま口を閉ざしてしまった。

夏実も遠くの方をただ見つめる。

「だから、今回まで……かな」

夏実は囁いた。すると古庄も、

「……そっか」

小さな声でそう言い、それ以上何も言うことはなかった。


しかし、その日の夜。

夏実は夢を見た。そこは、夏実の映像のイベント会場だろうか。エキストラ撮影だろうか。沢山の人が集まっている。

すると、その中に一つの小さな顔が浮かんだ。夏実がこの世から消えようとしたときに出てきた、あのカオである。しかし、今度は首から下もはっきりとあるのだ。さらに、炎にも包まれておらず、苦しそうな表情もしていない。むしろ笑っているのである。おいしいものを食べた時に思わずこぼれてしまった時のような、幸せそうな笑みを浮かべている。

そうかあ、幸せなんだね

カオはとても嬉しそうな顔をしている。

生きてるんだね

カオは何も言葉を発さない。

うんうん、分かったよ
伝えに来てくれてありがとう
やっと今、思い出したよ
私が生きるのを諦めようとしたとき、
あなたは来てくれたね

あのとき、あなたが生きてたから、
私も生きてた、生きた
あなたを映像で笑わせる――
原点だったね
まだ叶えてなかったね、ごめんね

カオはゆっくりと姿を消していく。遠くに、遠くに。
どんどん見えなくなっていく。

「はあ……」

私、夢見とったんか……
でも、なんか映像のイベント開いとったな……
カオは夏実の映像のイベントに来ていた。
映像……
そういえば、私、何のために映像しよんやろ

「………あ」

夏実は何か、大事なものを思い出したようだ。


そして、次の日。

夏実はいきなり、古庄に宣言した。

「私さ、やっぱり映像頑張るわ」

「……え？」

古庄は、訳が分からない、そう言いたそうな顔をしている。

当然のことである。昨日とは全く真逆のことを夏実は言っているのだから。

すると、夏実は話し始めた。

「昨日さ、夢見たんだわ。映像のイベントの夢」

「うん」

古庄はどうせまたいつもの夢の話だろ、そう思って聞いている。

「でさ、ひかるって子がおるんやけどさ……」

夏実はひかるのことを話し始めた。

「ひかるとさ、もう二年くらいずっと会えてなくてさ。連絡もつかないんよね」

古庄は黙って聞いている。

「けどさ、昨日ひかるが急に夢に出てきたんだよね」

「お」

「映像のイベント会場でさ……ひかる、笑ってたんだ」

「笑ってたのか、そのひかるちゃんって子」

「夢に出てきたってことはさ、もう少し頑張れってことかな」

「そうだなあ、うん」

「ひかるって、うちが何かを諦めようとした時にいつも出てくるんだよ。死のうとした時も、出てきたし」

「へええ、すごいなそれ」

古庄は真顔で言う。

「私は、映像を発信する身やけん、発信し続ければいつか絶対届く。映像やってれば、いつか会える気がする」

夏実の目はもう自信というより、確信に満ちていた。

「夢でイベントにひかるが来てくれたみたいに、いつかはひかる、会いに来てくれるかな」

「うん、そうだね。とりあえず……そう願うしかないね」

古庄は、こんな返事をしながらも、気持ちは込めているつもりなのだろう。すると、

「ひかるを映像で笑わせたい」

夏実は突然、立ち止まってそう言った。

「そして、卒業の時に伝えられなかった『ありがとう』を直接伝えたい」

「お、いいね西山」

古庄の声がいつもより、少し明るい。そしてなぜか、嬉しそうである。

まるで、西山はそうでなくっちゃ、と言っているみたいだ。目も大きく開いている。

「だから、もう少し頑張ってみようと思う」

夏実は、何か光を見出したようだ。その光とは「ひかるを映像で笑わせる」というあの、保健室登校をしている間に抱いた野望であった。

ひかるに会いたい――
その一心で、夏実はクランクアップまでとにかく走りぬくことを決めたのだった。

第八章

再会

クランクアップ前日。

「明日は頑張ろう」

「エキストラ撮影、成功させような」

そう言ってメンバーとハイタッチをして、夏実はしまと新幹線乗り場へ向かった。

「ふう、疲れた」

「寝るわ」

夏実は新幹線の車内に入ると、頭上にある荷物置きにジンバルを置き、座席についた。

しまにそう言って、夏実は足を伸ばして眠りについた。

数分後、自宅への最寄り駅である博多南駅に着いた。

「なっつー！　起きて！　着いたよ！」

しまが爆睡してしまった夏実を叩き起こし、急いで車外に出た。

時刻はすでに夜の九時を回っている。あたりは完全に暗くなってしまい、雨も降り始めている。

視界が悪い中、夏実は重たい荷物を抱え、ふらふらしながらも、なんとか家に戻った。

「はあ、やっと着いた」

ドアを開けるために、一旦手に持った荷物を一つずつ下ろしている。

しかしその時。

「…………え」

夏実は言葉を失くしている。

「……無い」

「無い！　嘘やろ！」

夏実の顔から血の気が引いていく。

「ジンバルが！　ジンバルが無い！」

なんと、夏実は新幹線の車内に撮影器具のジンバルを置いてきてしまったようだ。明日はクランクアップで、最後の撮影。しかも、五十人近く集まるエキストラ撮影である。

「やばい、やばい……」

夏実の顔は真っ青だ。

「お母さん！　ジンバルが無い！」

玄関から、涼子を叫ぶように呼ぶ。

「ちょっと、あんた！　嘘やろ！」

涼子の顔も真っ青だ。親子二人、玄関先で慌てている。

「車出すけん！　行くよ！」

夜に降りしきる雨の中、涼子の運転で二人は駅に向かった。

駅に着くと、新幹線が一本止まっているのが見えた。夏実はスマホだけを持って車を降りた。

「あれです！　あの新幹線に忘れ物したんです！　改札通してくださいっ！」

夏実は、駅員に向かって叫んだ。驚いている駅員が、どうぞ、と言うと、夏実は切符も買わずに急いで改札をくぐり抜け、新幹線の中に飛び込んだ。しかし、

「無い！　無い！」

どこにも見当たらないのだ。

見るからに高価そうなジンバル。盗まれていてもおかしくない。

やばい、やばい……
撮影ができん
明日エキストラのみんなに謝罪せな
なんて、説明すればいいんかな
あああー終わったたな

夏実は焦る一方であった。

プルルルル
すると、夏実のスマホに電話がかかってきた。
「なに！　お母さん！」

相手は涼子であった。

「あんたが乗ってきた新幹線、それじゃないって！」

涼子は切符売り場で、駅員から聞いたようだ。

「は⁉」

夏実は車内で、さらにパニックになった。しかし、それだけでは終わらなかった。

「あんたが今乗っとるやつ、鳥取行きよ！」

「は⁉　鳥取！」

夏実は、頭に日本地図を思い浮かべ、鳥取の場所を確認した。

「とにかく、降りればいいとね！」

その時だった。

ヒューーー
「あ……」

扉が閉まり、新幹線が地面と平行に動き出したのだ。

夏実の顔はもう絶望的だった。

私、鳥取行くやん、終わった

そう思った。すると、

「夏実！　見つかったって！　ジンバル置いてきた新幹線、今車両基地にあって清掃中なんだって！」

どうやら、ジンバルは見つかったようだ。

「今乗っとるやつ、博多駅で停まるらしいけん博多駅着いたら電話して！」

夏実はフウッと大きくため息をつき、その場に立ち尽くした。

「よかった……」

そして、夏実は博多駅に着くと、そのまま折り返して博多南駅まで戻り、車両基地から届いたジンバルを受け取った。時刻はもう十時を過ぎていた。新幹線を降りた時には全身の疲れはすでにピークに達していた。

外は真っ暗。完全に冬の暗さだ。夏実が息を吐くたびに、白くなって出てくる。

夏実はふらふらしながらも、駅の階段を一段ずつゆっくりと下っていく。


ジンバル、見つかってよかった……


安心感を噛みしめるように一段ずつ——

仕事帰りのサラリーマンやＯＬたちが、傘を邪魔そうに持って、横を通りすぎる。雨が屋根に打ち付ける音。早く家に帰ろうと、急いで駆け下りる大人たちの足音。

時々遠くの方で聞こえる傘を開く音。今日は全てが雑音だ。

雨で滑りやすくなった階段を、夏実は何とか一番下まで降りた。

一斉に人々は傘を開き始める。水しぶきが夏実の履き潰したスニーカーにかかる。

母との待ち合わせの場所に向かうために、右手に曲がった。

雨の日はとても歩きにくい。夏実は傘も持たずに、ゆっくりと歩く。


雨の音を聞きながら。

雨に当たりながら。

雨の匂いを嗅ぎながら。


その時だった。


「夏実？」

曲がろうとした角のところで、誰かが自分を呼んでいる。

「夏実!?　え!!　夏実よね!?」

興奮した声で、自分の名を呼び続ける少女。夏実はその少女の方に目をやる。

少女の目は、輝きに満ち溢れ、顔からは笑みがこぼれていた。

え……？

夏実はじーっと目を凝らして少女の顔を覗き込む。

「ひさしぶり」

そう言いたくなるような顔をしている。

「元気だった？」

そう聞きたくなるような顔をしている。

「ごめんね」

そう謝ってしまうような顔をしている。

「生きてたんだね」

そう笑いかけてしまうような顔をしている。

「ウソ……」

夏実は一瞬、言葉を失った。

「ひかるだよ」

少女はそう言ってキラキラとした笑顔を見せている。

「ひ、ひか、ひかる？　ひかるだ。ひかるだ」

夏実は泣き崩れた。

「ひかる。ひかる。ひかる」夏実はひかるの名前を何度も言い続ける。

まるで、この二年間言えなかった分を、取り戻すかのように。何度も何度も。

「ひさしぶり」

ひかるはそう言うと、夏実を抱きしめた。

ひかるの目は、笑っていた。

あの時の、死んだ目はもうどこにもなかった。彼女は、よく笑う、明るい子だったのだ。

「ひかるは、もっと明るい子だと思う」

あの時の、夏実の予想は間違ってなどいなかったのだ。

心の底から笑っている、ひかるの顔。初めて目にしたひかるの笑顔。

「会いたかったよ」

夏実はひかるに抱きついた手を、離さなかった。

「会いたかったよ」

ひかるも夏実を抱きしめた手を、離さなかった。

雨は、二人を包み込むように降り続けている。

「この前、ひかるが夢に出てきたんよ」

「えー？　ほんとにー？」

「ほんとって！」

泣きながら話す夏実と、笑いながら、そして頷きながら、話を聞くひかる。あの保健室でお通夜をしていた日からは、全く想像がつかない。彼女は、髪を染め、メイクをし、ストリート系の服を着ていた。

ひかるは、完全に姿も中身も変わっていた。

「ひかる、バイト始めたんよ」

この日、ひかるはバイトの帰りに友達と待ち合わせをしていたらしい。

「友達、全然来んくてさー、もう二時間も待ったのにー」

彼女は笑いながら話し続ける。

「六月まで、ひかるずっと家で引きこもっとったんやけど、さすがに引きこもりもやばいなって思ってね。いきなり、外出たんだわ」

「いきなり？」

「そう、なんか急に外出たくなった」

「六月か……」

六月と言えば、夏実が初めてのミュージックビデオの制作の準備をし始めた頃である。その時期に挑戦していたのは、夏実だけではなかったようだ。二人は、会えない時も、「一緒に」頑張っていたのだ。保健室で「一緒に」過ごした時みたいに。

二人には、少し強くなって再会するための期間が与えられていたようだ。

「でさー、亡霊みたいな恰好で、パスタ屋にバイトの面接行ったんだよね。髪もぼっさぼさで、目も死んでたのにさ、なぜかそこの店長OKしてくれたんだよねー」

彼女は、バイト先で良い人たちに恵まれ、人と話すことが苦痛ではなくなったのだ。むしろ人とコミュニケーションをとることが楽しいという目をしている。あの「人間が嫌いです」のひかるは、もうどこにもいなかった。バイト先の良い人たちが、ひかるの中身を変えたのだろう。ひかるとの再会は、運命、いや、必然的に導かれたものなのだ。


ひかるとの再会は奇跡が重なったからできたこと

今日、ここにひかるが立っていたから再会できた

今日、私が忘れ物をしたから再会できた
忘れ物をしたのは、体が疲れていたから
体が疲れていたのは、今日まで映像を続けてきたから
映像を続けてきたのは、ひかるの存在があったから

「ひかるを映像で笑わせたい」

夢をもつことができるのは、生きているから

今、自分が生きているのは、あの時ひかるが生きてたから

「生きる」という奇跡が、夏実の夢に繋がり、ひかるの笑顔に繋がっていた。

「ひかる、ありがとう」

「夏実、ありがとう」

二人は、ありがとうを言い合って、それぞれまた歩き出した。

そして次の日、夏実はエキストラ撮影を成功させ、クランクアップまでなんとか走りぬいたのであった。

「楽しかったね」よりも「頑張ったね」の方がよく似合う撮影現場であった。

「古庄を輝かせる」そう決心して挑んだ今回の撮影。

「頑張ったね、ありがとう」

そう言って、古庄は夏実を強く抱きしめた。古庄の頬には、涙が伝っていた。それは、古庄が今まで一度も見せなかった涙であった。友達として、そして女優として夏実を支え続けた古庄。一緒に情熱を注いだことが、彼女の大きな財産になったのだろう。夏実は、自分の持つ力を全てぶつけるように、編集作業に臨んだのであった。


一月二十九日。

ついに夏実は冬の作品を、インスタグラムに投稿した。反響は夏実の想像をはるかに上回るものであった。

『鳥肌立った』

『心に響いた』

『明日も、頑張ろうって思えた』

『泣きすぎてやばい』

と、メッセージが一気に届き、沢山の人からの長文のコメントまで夏実のもとに寄せられた。アクセスの集中で、サーバーが一時ダウンしてしまうほどであった。そして、

『古庄の一番きれいな角度を切り取っていて、すごかった』という感想も届いた。夏実が伝えたかった古庄の魅力は、見る者に届いたようだった。

今回の作品はリピーターが非常に多かった。

『毎日、学校に行く前と帰ってきた後に見とる！』

『宣伝しとくね』

『友達に見せるね』

と、続けて何度も視聴してくれる人、加えて宣伝してくれる人が数多くいたため、視聴回数がみるみるうちに増え、映像がどんどん拡散されていったのだ。夏実の元には一週間にわたって、感想を伝えるメッセージが届き続けたのであった。さらに学校では、夏実のいる教室に直接感想を言いに来る子まで現れた。この現象を、夏実は密かにこう呼んでいた。


「ミュージックビデオ反響やばいウィーク」


それほど、今回の作品はメッセージ性があったようだ。

「六分間で一本のドラマを見た感覚になってほしい」という夏実の目標も見事達成できたのだ。

そして、この作品は夏実の人生を変えた作品でもあった。実は制作期間中、夏実のもとにある一

通のダイレクトメッセージが届いていた。

『高校生写真展というイベントを、二月下旬に開催するのですが、出展してみませんか？　天神で、三日間行う予定です』

ダイレクトメッセージの送り主は、福岡県に住む男子高校生、播磨《はりま》という人物。夏実の映像をインスタグラムで見つけて、声をかけたらしい。用件は夏実の映像作品をイベントに出さないかということだった。当初の予定では、小さなＤＶＤプレーヤーで流すことになっていた。

しかし、冬の作品が公開された数日後。

再び播磨から連絡が来た。

『西山さんのミュージックビデオ、４Ｋのでかいテレビで流すことに決定』

なんと、イベント運営側のご厚意で、冬の作品がイベント会場で三日間毎日４Ｋの大画面で流れることになったのだ。


古庄の魅力を沢山の人に伝えられる！　しかも、高画質の大画面！

夏実は、その後興奮を抑えきれず、泣きながら古庄に電話で報告した。

「やったな！　古庄！　お前、大画面に映る！」

「……え、え、え。どういうこと」

「ミュージックビデオ、会場の大画面で流れるって！」

「え、え、え、ちょっと無理」

そう言いながらも、古庄は電話越しで笑っていた。

こうして、夏実は一つのチャンスを手に入れたのであった。それは、

「みんなに直接『ありがとう』を伝えられるチャンス」

である。こんなにいい機会は、もう二度と来ないのかもしれない。

夏実は、百五十人に招待状を書いて送った。百五十人全員が、今まで自分を支えてくれた人たちであった。一人一人の顔を思い浮かべながら、夏実はメッセージを書き続けた。


そして、待ち望んだ「高校生写真展　ｉｎ　ＦＵＫ」。

この三日間で延べ三百人が来場した。夏実は古庄と会場に立ち続けた。

全ては来てもらった人に、今までの「ありがとう」を伝えるためである。家族や親戚をはじめ、小中学校の恩師、高校の先生、闘病中に支えてもらった友達、高校の友達、映像がきっかけで仲良くなった友達が会場を訪れた。両親の友達も駆けつけてくれた。

普段は画面越しでしか、見ることのない感想。

夏実はこのイベントで、見てくれる人の生の感想を初めて目にしたのであった。

「なっつー、良かったね」と、笑顔を向けてくれる人。

「泣けてきたわ」と、目を押さえながら画面をまじまじと見る人。

「ありがとう」と、お返しの言葉を言ってくれる人。

泣きながら感想ＢＯＸの紙に感想をびっしり書く人。

夏実の目に映り込んだ、一人一人のリアルな反応。どれもが、本当に美しかった。

感想ＢＯＸには百枚以上の感想を書いた紙が溢れるように入っていた。そして、そのリアルな反応を見る機会を与えてくれた播磨、その他のイベントスタッフはとても温かかった。

「こんな素敵なミュージックビデオで、イベントを彩ってくれてありがとう」
この言葉を聞いて、夏実は自分の活動への誇りを感じた。幸せを感じた。イベント期間中、インスタグラムでの、ミュージックビデオの視聴回数が千回を超えた時には、
「千回おめでとう！」
そう言って、イベントスタッフみんながクラッカーを鳴らした。この人たちがいなければ、夏実がこの場に立つことはなかった。

自分を導いてくれてありがとう

夏実は人との出会いに感銘を受けたのであった。

映像を始めて半年――

この三日間の景色は最高に素晴らしかった。そして、古庄と二人で見た景色はもっと素晴らしかった。

「女優になりたい」

自分の夢が口に出せなかった古庄。それでも、強く前だけを向いてここまでやってきた。

「古庄、ここまで来たな」

「おう」

「『私が古庄をビッグにする』とか言ったけど、ここまで連れてきてくれてありがとう」

夏実の「ありがとう」は、もう口からこぼれ出るようになっていた。

そして、今回夏実は大人の反応に新鮮さを感じていた。今まで、SNSでは同年代の子からの反応しか見ることができなかった。しかし、このイベントで一般の大人、それから映像関係で働く大人たちの反応を得ることができたのだ。

そして、今回はそれが目に見える形となって表れた。


「十六歳のクオリティじゃない」

「才能の塊だ」

「もっと色んなことに挑戦した方がいい」


企業のPR映像の作製、コミュニティラジオのパーソナリティーの出演依頼などが三日間のうちに決まった。しかもそれだけでは終わらなかった。なんと、夏実がカメラを購入した店の一階の商品コーナーで、カメラの宣伝映像として、夏実の作品が大画面で一か月間流れることが決まったのだ。真っ白だったスケジュール帳が、この三日間で真っ黒なスケジュール帳へと変わった。

夏実は人生初の名刺交換に困惑したのであった。

＊

お久しぶりですね。

えっと、イベント会場ってどこなんすかね。

ひかる、迷ったみたいです。まあ、なんとか頑張るけど。

＊

「もう来るん⁉　待っとくね！」

夏実はある人からの連絡を受け、会場の入り口の前で待っていた。外は、晴れていてとても気持ちが良い。夏実はとびっきりの笑顔で待ち続ける。

すると、左手の方に三十メートルぐらい先から、勢いよくこちらに向かってくる少女が。髪をアッシュパープルに染め、ばっちりとメイクをしている。

足を踏み出すたびに艶のある髪の毛が、軽やかに揺れる。少女も夏実と同じくらいのとびっきりの笑顔だ。

「夏実！」

十五メートルまで近づくと、彼女はそう叫んだ。

その瞬間、夏実は、勢いよく両手を大きく広げた。飛び込んで来い、と言わんばかりだ。

十メートル、八メートル……。

夏実には、長い長いかけっこのように見える。そして少女は、笑顔を振りまくように走り続ける。

太陽が、少女の笑顔を輝かせる。

キラキラと輝く笑顔
ニッコリと笑った目
これを見るために今日という日がやってきたんだ
今日という日まで映像を続けてきたんだなあ
あ、ひかるだ
ひかるが走っている
ひかるが私の胸に飛び込もうとしている
そうかあ、私の胸がひかるのゴールだったんだね
ひかる、よく来たね

ひかる、長かったね

「夏実！」

ひかるは泣き崩れた。

会場の入り口前、二人の間に、道行く人とは少し違う時間が流れているみたいだ。

「ひかる、頑張ったなあ」

そう言って、夏実はひかるを守るように抱きしめ、頭をぽんぽんと叩く。ひかるも立ち上がって、夏実を力強く抱きしめる。

お互いよくここまで頑張ったなあ

よく生きたなあ

ひかるの目から、次々に涙が溢れだす。

夏実はひかるの肩を抱き寄せながら、ゆっくりと会場の中に連れていった。

そのまま、ひかるを大画面の一番前に座らせた。特等席だ。

画面に映像が流れた。音楽とともに、古庄の顔が映し出される。ひかるは、大画面をじっと見上げている。目を潤ませながら。夏実の手をぎゅっと握りながら。


「ありがとう」

ひかるが言った。

その瞬間、

ひかるは笑った

この一瞬だ。夏実が待ち続けていたのは。あの保健室登校の日々から、この一瞬までが長かった。辛かった。

それでもやっと夢が叶ったのだ。


「ひかるを映像で笑わせたい」

夏実が抱き続けたあの夢。それは、野望なんかではなかった。

「イベント会場でさ……ひかる笑ってたんだよね」

映像を辞めそうになった時に見た、あの夜の夢。それが今、夏実の前で現実となって現れたのだ。

夏実のイベントで、ひかるが笑った。それを、夏実は笑いながら見続ける。ひかるは笑ったかと思えば、再び泣き始めている。

「もー、ひかるー？」

という夏実の声が、ひかるが泣いていることを知らせる合図のようだ。

静かな会場。そんな中流れているのは、ミュージックビデオの音楽とひかるの泣く声。来場者の耳には、二つの音が心地良いＢＧＭとして、聞こえている。すると、ひかるのもとに一人の女性がやってきた。

「ひかるちゃん！」

そう言って、声をかけたのは涼子であった。そしてその瞬間、彼女はひかるを抱きしめた。

「頑張ったね、ひかるちゃん」

そう言って、涼子は涙を流した。ひかるは、涼子に抱きついて、終わりのない涙を流した。涼子の言葉に、うんうん、と頷きながら。互いに、涙を流しながら抱き合う涼子とひかる。それは、あの修学旅行から帰ってきた日と全く同じ光景であった。

いや、ひかる以外が同じ、である。あの、保健室で抱き合った日からもう二年が経った。

ひかる、よく頑張ったな

二人の涙を流す姿に、夏実は笑顔を向けた。

お互いが少しだけ強くなって迎えた今日という日。

「やったな、ひかる！」

「うちら、よくやったな！」

そんな声が聞こえる日がやってきたのだ。帰り際に、ひかるはこう言った。

「生きててよかった」

そして、笑顔でバイト先へ走って行った。彼女は希望を持ちながら、走っているのだろう。彼女の後ろ姿は、決して弱々しくなんかなかったのだから。

『映画監督になる』という夢
絶対に諦めないで追い続けよう
夏実は誓った。

ひかるの後ろ姿に――

第九章

奇跡

高校生写真展から約一か月――

空は澄んだ青色を見せ、風が実に心地よく肌に吹き付ける春の中頃。ここ福岡県の繁華街天神では、若い女の子やサラリーマンたちが多く行き交い、賑わいを見せている。

そんな中、

「おーいい感じ」

「まじ？　ひかる上手かもしれん！」

夏実とひかるの明るい会話が、聞こえてくる。

「次、あそこで撮るよ」

カメラを持つ夏実と、

「ちょっと待って、鏡見る！」

カメラに映るひかる。

そんな二人は、スタッフとともに天神を歩き回っている。

夏実は今、ひかるの一分間のプロモーションビデオを撮影している。ひかるは、人生初の「演じる」という体験をしているのだ。二人の再会の奇跡を形に残すためである。

夏実はいつものスタッフジャンパー。ひかるは、黒のキャップに、黒の上着、そして黒のパンツという全身黒の服に身を包む。金色に染めたセミロングの髪、腰についているチェーンがひかるの闇のオーラを引き出しているようだ。闇と言ってもやはり、ひかるの目は相変わらず笑っている。

ひかるがカメラに笑いかけている

私がカメラを持って立っている

ひかる、あのとき笑わなかったよなあ

顔も見せてくれなかったよなあ

私、あのとき立てなかったよなあ

食べることもできなかったよなあ

夏実は闘病中、だんだんと真っ暗になりゆく世界を見ていた。汚くて、悲しくて、虚しい世界。どれもが、見ていられない世界であった。

それなのにさ
うちら今、笑ってんだよ、生きてんだよ
あのどん底の時、隣を見ればいつもそこにはひかるがいた。ひかるだけは、ずっと居続けた。ひかるという存在が、ひかるが生きるということが、夏実にとっての最大の生きがいなのであった。

「死にたい」

この言葉を何度吐いただろうか。

「生きたい」

この感情を何度抱いただろうか。

夏実はファインダーを覗きながら、ひかるを撮り続ける。
「やべ、泣きそう」
ひかるは、レンズの前で時々泣きそうになっている。ひかるの目に映る夏実の姿もまた、奇跡なのだろう。夏実の目にも、ファインダー越しに見えるひかるの姿が涙でぼやけて映った。

＊

夏実がカメラ持って立ってます。夏実、あの時歩けなかったのに。
ほんとびっくりだね。
ひかるも「人間嫌いです」とか言ってたのに、今、天神のど真ん中で堂々と立ってる。
心から笑ってる。
うちら、「人間」だね。

＊

人生の負け組だった。
いや、いつだって負け組だ。
今日も明日も。なんなら死ぬまで負け組だ。
それでも、奇跡は少しずつ転がっている。

今日、食べた朝ご飯

今日、歩いた道

今日、聞いた音楽

今日、話した友達

何もかもが奇跡である。

保健室の片隅で死んでいた二人が、今度は表現する立場になったのだ。

「このプロモーションビデオ、インスタグラムにあげていい？」

とひかるに聞くと、

「うん。変わったところ見せたい」

彼女はそう言った。

人を見て、ビクビク震えていた彼女はもういない。

街で撮影する二人を、人々が珍しそうに見ながら通り過ぎていく。ひかるは、周りの視線など気にも留めず、堂々とカメラの前に立つ。私を見て、とでも言うように。

＊

生きるって正直めんどくさいです。

本当に、本当に。

感情に操られながら生きるって、とにかく面倒。だけどさ、生きてればさ、
こんな良いことだってあるんだって思ったらさ、明日起きるのが楽しみになるんだよね。

明日は何が起こるんだろうって。

誰に助けてもらうんだろうって。

どうせ、一人で生きていけないしね。

毎日がびっくり箱みたいで。

ひかるの人生、ほんっとにでこぼこだけど、
安全とは言えないけど、それも楽しいって今なら思える。

人生は案外おもしろいっす。

＊

空の青も気が付けば、オレンジ色に居場所を追われ、藍色を見せ始めている。

あと少し経てば、星がちらつき始めるのだろう。

「先ほどのカットをもちまして、クランクアップです！」

夏実が笑顔でクランクアップを告げる。撮影終了と、二人が歩んできた真っ暗闇の世界に。

夏実の手から、ひかるにピンク色の花束が渡される。


「初めて自分の人生に誇りを持てた」


そう言って、花束を手に持ちながら、涙を流すひかる。

花束が色あせることは多分ないのだろう。周りのスタッフも、ひかるを抱きしめた。

「もう一人じゃないよ」そう言いながら。

「いつでも、頼るんよ」そう言いながら。

「頑張ったね、ひかる頑張ったね」

「うちら、頑張ったね。やっとここまで来れたね」

夏実の言葉にひかるは、さらに涙が止まらなくなっている。

「もう離れない。もう離さない」

夏実の言葉一つ一つを受け取るように、ひかるはうんうん、と頷いた。

そして、

「もう一人じゃないよ」

夏実は泣きながら、ひかるを抱きしめた。

自分をここまで支えてくれた、沢山の人の顔を一人一人じっくりと思い浮かべながら。

「みんなここまで導いてくれてありがとう」と思いながら。そして、噛みしめながら。

「一人でやれること」というのは、数に限りがあるらしい。

それはひかるだけでなく、夏実も、である——

*

「ひかる、バイトでお金貯めてどっか海外でも行こうかな」

人々が眠りにつき始める夜の十一時。二人が再会した博多南駅の屋上で、背中合わせに座って星を見上げる。

「私は、芹奈を撮りたいかなあ」

自分の夢を語りながら。

「おお、いいじゃーん。ひかるもまた撮ってよ」

笑い声を上げながら。

「うちら、将来どうなってんのかなあ」

二人のたわいもない会話が、そこでは静かに営まれている。

「ずっと笑ってるんじゃない？」
「そっか、きっとそうだよね」

二人の上では、星がずっと輝き続けている――

毎日どこからか音がするのは、毎日を生きている人がいるから。
音のする方には、必ず人がいる。

前を向こう
上を向こう
胸を張ろう

そんなきれいごとは、無理に聞かなくていい。
自分だけ見てればそれでいいのだから――

あとがき

きっかけは、ゴミと化すばかりの私のメモ書きだった。

二〇一九年の秋ごろだっただろうか。この時まだ十六歳だった私は、淡々と流れる学校生活の退屈さから、毎日のように鬱屈とした気持ちを紙にひたすら書くことで昇華させようとしていた。

当時高校一年生、いつものように学校の休み時間に隠れて書いていた紙切れは、大して話したこともないただのクラスメイトの西山夏実に見つかってしまう。裸より見られたくない心の叫びを表した言葉たち。書いたらあとは焼却されるだけのゴミと変わらないもの。西山はそれを興奮した勢いで、授業開始のチャイムとともに私の手元から奪い去っていった。

授業終了後、ようやく私の元にメモが返ってきたかと思えば、紙切れを差し出す彼女の目は奥の方までずっと潤んでいた。騒がしい学校の廊下で私は返されたメモを左手で握りしめつつも、初めて見る彼女の瞳から、「今この瞬間、ゴミはゴミではなくなったのだろうか」というようなことを考えていた。そしてこの人も体内でずっとモコモコと膨れ上がるだけの昇華しきれない何かを持っているのだろう、と。

数日後、西山に温泉に誘われた。彼女は中学からずっと闘病生活を送っていることを屈託のない笑顔で告白し、

「病気を抱えながら今まで生きてきた過去をいつか映画にしたい」

という願望まで私に打ち明けた。こんな無邪気な女の子が壮絶なものを抱えていたのだということに驚いて、ただ頷くしかなかったのを私はいまだに覚えている。

それに続いて、

「映画の原作となる本は小田に書いてほしい」

ということもこの時懇願された。


「小田、本書いてよ」と言われた瞬間だった。

それを聞いた私もいつか実現できたら面白いだろうな、と漠然とした想いを馳せたのだが、案外時はすぐにやって来た。二〇二〇年三月、新型コロナによる三ヶ月の休校期間が学校から言い渡されたのだ。突如生まれた空白の時間を目の前に、今しかない、と西山と確信し休校期間の三ヶ月を使って、私は西山の十六年間の人生を書き上げた。「起立性調節障害」という西山の病名も、この時初めて知った。原稿用紙三百枚以上にわたって西山の人生を書き切ると、今度は、

「小田、この本売ろう」

と彼女は言った。自分の本を届けて今まで支えてくれた人たちに読んでもらいたいのだ、と。

本を作ったこともなければ、ものすら売ったこともなかった私たちは、

「本　作り方」

「本　売り方」

とネットで検索するところから始まる手探りのような状態ではあったものの、二〇二〇年六月に「今日も明日も負け犬。」というタイトルをつけて、ネットで一〇〇冊自費出版するに至った。本は同じ学校に通う同級生からどこか遠くの知らない町に住む中高生にまで届き、一〇〇冊は二十四時間であっという間に完売した。特に西山と同じ病気を抱える中高生からの声は大きかった。「病気をもっと広めてほしい」という希望を求めるような類の感想を一つずつ読みながら、初めてこれが「反響」なのだと知った。西山も同じように感じていたのか、十七歳の夏に放たれた、

「小田、この本映画化しよう」

という西山の言葉により、「いつかやるはずだった映画化」は、「今やらなければいけない映画化」に変わった。起立性調節障害をさらに多くの人に広めるために。こうして、一〇〇冊販売のわずか2ヶ月後に「eiga worldcup で日本一」をとることを目標に原作本『今日も明日も負け犬。』の映画化プロジェクトがスタートした。

監督は実際に起立性調節障害と闘う西山自身が務め、脚本を小田が務めた。「西山夏実」役は役者を目指す古庄菜々夏が、「蒔田ひかる」役はひかる自らが演じた。他にもSNSの呼びかけでスタッフが集まり、高校生二十八人の映画製作チームが完成した。

コロナ禍真っ只中に集まった高校生スタッフの中には、西山と同じようにハンディキャップを抱える人もいた。そんな不完全な状態でスタートした「負け犬。」チーム。うまくいかない撮影も当たり前のようにあったが、遠回りしながらも一年かかって映画「今日も明日も負け犬。」がついに

完成した。完成後、映画を届けるために、クラウドファンディングで資金を集めて福岡の劇場で公開し、十八歳の冬に目標だった「eiga worldcup 2021」で最優秀作品賞も受賞することができた。日本一の映画としてついに陽の目を浴び、新聞、テレビ、ラジオなどのメディアでも取り上げていただくことが増えた。高校卒業後は、映画を届けることに焦点を置き、教育機関や全国を飛びまわり、そして海外にも届けた。

16歳で「今日も明日も負け犬。」を百冊自費出版してからというもの、若さも相まってか、自分たちの行動に、「反響」というものが常に付き纏っていた気がする。

本を読んでくれた人の反響があって、自分たちの手で映画化することを決め、映画製作の過程を応援してくれていた人の反響があって、クラファンで集めたお金で自主上映し、さらに「日本一」という称号を取り、反響がMAX地点に達した時には、起立性調節障害への理解をさらに広めるために、全国・海外からの上映依頼に応えた。

そして20歳になった年、映画のDVD／Blu－rayの発売をもって、映画製作委員会としての活動を終了した。4年という月日がもたらした変化や影響。振り返れば次から次へとF－1レーサーのように目の前を爆速で過ぎていくものだったが、その一つ一つをとってみれば実に重たく、濃いもので、反響が大きくなる一方で、高校生という身分だからこそ感じた社会的な「負け犬。」感にも苛まれるようなことだってあった。

「今日も明日も負け犬。」は空前絶後で唯一無二のものだからこそ、毎回足を踏み入れる場所は安定していないぬかるんだ土地のようだった。
反響というのは、本を書いてから出会う人出会う人に

小説家の小田さん
脚本家の小田さん

と呼ばれ出した時に見え始めたものだったが、時にそれは私の目には不安として映ることもあった。

周りは大学生になっていく中、大人たちに言われた通りに私は小説家や脚本家としてこのまま書く人になるの？
書いて食べ、書いて死んでいくの？

と、書くことで生計を立てる道筋など全くもって見えていないのにもかかわらず、周りに言われるがままに、「書き続けてね」という言葉を私は次第に味わうこともせず飲み込むようになっていたのだ。

「反響」に取り憑かれたこの四年間。

私は、周りの声ばかりが聞こえて自由意志が持てなくなることを最も恐れていた。決して書きたくないというわけではなく。
そして今日の私も、今後の人生について語るべき事柄など持ち合わせているわけではないのだが、ただ一つ、『今日も明日も負け犬。』の原作者として思うことといえば、
『今日も明日も負け犬。』が求められる限り、私が生きている間はこの作品が世の中に存在していてほしい

ということ。

明確な治療法も見つからず、病気を理解されない苦しみが消えないならその孤独だけでも消すかもしれないこの本はどうか消えて欲しくない

ということ。

映画はDVD／Blu－rayを出すことで、活動を終えられたが、本は求める人のもとに供給できていないのが、唯一の心残りだった。今回改めて出版されるということは、本を求める問い合わせに対して「本はないんです。ごめんなさい」というメールを一通一通送らなくてよくなったと

いうことなのだ。私は原作者として、この本を求める人全員に届く状況が少しでも長く続いてほしいと思っている。読みたいものが読めないという悲しい思いを誰もすることのないように。

今回、幻冬舎からの出版が決まったのももちろん、多数のメディアに取り上げていただくようになって生まれた反響あってのことだ。

「小田、本書いてよ」

の一言で始まった物語は、出版という形で本当の終わりを迎えようとしている。

今回、『今日も明日も負け犬。』を世の中に飛び立たせることを企ててくださった幻冬舎の皆様には、感謝してもしきれない。西山の必死に闘った姿が、今度は数え切れない人の元に届けられようとしているのだから。

映画を見て「原作本は読めないのですか」と声を届けてくださった皆様、出版を心待ちにしてくださった関係者の皆様、出版にあたり医療監修にご協力くださった吉田誠司先生、そして素晴らしい装丁を考えてくださった高校の大先輩でもある、小玉文先輩にも多大なる感謝と尊敬の意を述べると共に、今後も良いご縁を紡いでいきたいと僭越ながら感じている。


小説を書いたこともないのに、「本、書いてよ」と言われて、当時十六歳の私もよく書いたと我ながら思うが、私は西山の叫びを誰かに届けるためだったら、なんだってしていたのだろう。西山の叫びがこのまま放置され、誰にも見つかることなく彼女の中でいつの間にか消えていくのだけは、なんとしても防ぎたかっただけなのだろう。かつて、西山のおかげで私の言葉がゴミでなくなったように。今度は私の番であると思っただけなのだ。
「小田、本書いてよ」とあの日言ってくれた西山、本の売り方を一緒に模索してくれたテル先生、最初の自費出版で買ってくださった百人の皆様、そして「今日明日。」チーム全員には本当に感謝している。そしてこの出版によって、貴方たちの今後の長い人生に少しでも良い変化がもたらされることを切に願っている。

今日も明日も負け犬。だけれど。

JASRAC 出 2402444-401

登場する人物名・学校名などは一部仮名です。

本書は二〇二〇年六月に自費出版した『今日も明日も負け犬。』を加筆・修正したものです。

映画「今日も明日も負け犬。」についての
詳しい情報は下の二次元バーコードから
公式HPをご覧ください。

〈著者紹介〉
小田実里　作家。2003年福岡県生まれ。高校時代に原作・脚本を担当した自主製作映画「今日も明日も負け犬。」でeiga worldcup 2021最優秀作品賞を受賞。当時書いた小説を幻冬舎から刊行した本作で作家デビュー。

GENTOSHA

今日も明日も負け犬。
2024年5月20日　第1刷発行

著　者　小田実里
発行人　見城 徹
編集人　森下康樹
編集者　君和田麻子

発行所　株式会社 幻冬舎
〒151-0051 東京都渋谷区千駄ヶ谷4-9-7
電話：03(5411)6211(編集)
03(5411)6222(営業)
公式HP：https://www.gentosha.co.jp/

印刷・製本所　中央精版印刷株式会社

検印廃止

ISBN978-4-344-04256-8 C0093

この本に関するご意見・ご感想は、
下記アンケートフォームからお寄せください。
https://www.gentosha.co.jp/e/